자전거
여행
1

자전거 여행 1

김훈 지음 • 이강빈 사진

문학동네

자전거 타는 사람

김기택

당신의 다리는 둥글게 굴러간다
허리에서 엉덩이로 무릎으로 발로 페달로 바퀴로
길게 이어진 다리가 굴러간다
당신이 힘껏 밟을 때마다
넓적다리와 장딴지에 바퀴무늬 같은 근육이 돋는다
장딴지의 굵은 핏줄이 바퀴 속으로 들어간다
근육은 바퀴 표면에도 울퉁불퉁 돋아 있다
자전거가 지나간 길 위에 근육무늬가 찍힌다
둥근 바퀴의 발바닥이 흙과 돌을 밟을 때마다
당신은 온몸이 심하게 흔들린다
비포장도로처럼 울퉁불퉁한 바람이
당신의 머리칼을 마구 흔들어 헝클어뜨린다
당신의 자전거는 피의 에너지로 굴러간다

무수한 땀구멍들이 벌어졌다 오므라들며 숨쉬는 연료
뜨거워지는 연료 땀이 솟는 연료
그래서 진한 땀냄새가 확 풍기는 연료
그 연료가 타는 힘으로 당신의 다리는 굴러간다
당신의 2기통 콧구멍으로 내뿜는 무공해 배기가스는
금방 맑은 바람이 되어 흩어진다
투명한 콧김이 분수처럼 솟아오른다
달달달달 굴러가는 둥근 다리 둥근 발
둥근 속도 위에서 피스톤처럼 힘차게 들썩거리는
둥근 두 엉덩이와 둥근 대가리
그 사이에서 더 가파르게 휘어지는 당신의 등뼈

_김훈의 자전거를 위하여

차례

프롤로그

자전거를 타고 저어갈 때, 세상의 길들은 몸속으로 흘러들어온다. 강물이 지나간 시간의 흐름을 버리면서 거느리듯이, 자전거를 저어 갈 때 25,000분의 1 지도 위에 머리카락처럼 표기된 지방도 · 우마차로 · 소로 · 임도 · 등산로들은 몸속으로 흘러들어오고 몸 밖으로 흘러나간다. 생사는 자전거 체인 위에서 명멸한다. 흘러오고 흘러가는 길 위에서 몸은 한없이 열리고, 열린 몸이 다시 몸을 이끌고 나아간다. 구르는 바퀴 위에서, 몸은 낡은 시간의 몸이 아니고 현재의 몸이다. 이끄는 몸과 이끌리는 몸이 현재의 몸속에서 합쳐지면서 자전거는 앞으로 나아가고, 가려는 몸과 가지 못하는 몸이 화해하는 저녁 무렵의 산속 오르막길 위에서 자전거는 멈춘다. 그 나아감과 멈춤이 오직 한몸의 일이어서, 자전거는 땅 위의 일엽편주처럼 외롭고 새롭다.

자전거를 타고 저어갈 때, 몸은 세상의 길 위로 흘러나간다. 구르는 바퀴 위에서 몸과 길은 순결한 아날로그 방식으로 연결되는데, 몸과 길 사이에 엔진이 없는 것은 자전거의 축복이다. 그러므로 자전거는 몸이 확인할 수 없는 길을 가지 못하고, 몸이 갈 수 없는 길을 갈 수 없지만, 엔진이 갈 수 없는 모든 길을 간다.

구르는 바퀴 위에서, 바퀴를 굴리는 몸은 체인이 매개하는 구동축을 따라서 길 위로 퍼져나간다. 몸 앞의 길이 몸 안의 길로 흘러들어왔다가 몸 뒤의 길로 빠져나갈 때, 바퀴를 굴려서 가는 사람은 몸이 곧 길임을 안다. 길은 저무는 산맥의 어둠 속으로 풀려서 사라지고, 기진한 몸을 길 위에 누일 때, 몸은 억압 없고 적의 없는 순결한 몸이다. 그 몸이 세상에 갓 태어난 어린 아기처럼 새로운 시간과 새로운 길 앞에서 곤히 잠든다.

갈 때의 오르막이 올 때는 내리막이다. 모든 오르막과 모든 내리막은 땅 위의 길에서 정확하게 비긴다. 오르막과 내리막이 비기면서, 다 가고 나서 돌아보면 길은 결국 평탄하다. 그래서 자전거는 내리막을 그리워하지 않으면서도 오르막을 오를 수 있다.

오르막을 오를 때 기어를 낮추면 다리에 걸리는 힘은 잘게 쪼개져서 분산된다. 자전거는 힘을 집중시켜서 힘든 고개를 넘어가지 못하고, 힘을 쪼개가면서 힘든 고개를 넘어간다. 집중된 힘을 폭발시켜가면서 고개를 넘지 못하고 분산된 힘을 겨우겨우 잇대어가면서 고개를 넘는다.

1단 기어는 고개의 가파름을 잘게 부수어 사람의 몸속으로 밀어넣고, 바퀴를 굴려서 가는 사람의 몸이 그 쪼개진 힘들을 일련의 흐름으로 연결해서 길 위로 흘려보낸다. 1단 기어의 힘은 어린애 팔목처럼 부드럽고 연약해서 바퀴를 굴리는 다리는 헛발질하는 것처럼 안쓰럽고, 동력은 풍문처럼 아득히 멀어져서 목마른 바퀴는 쓰러질 듯 비틀거리는데, 가장 완강한 가파름을 가장 연약한 힘으로 쓰다듬어가며 자전거는 굽이굽이 산맥 속을 돌아서 마루턱에 닿는다.

그러므로 자전거를 타고 오르막을 오를 때, 길이 몸 안으로 흘러들어올 뿐 아니라 기어의 톱니까지도 몸 안으로 흘러들어온다. 내 몸이 나의 기어인 것이다. 오르막에서, 땀에 젖은 등판과 터질 듯한 심장과 허파는 바퀴와 길로부터 소외되지 않는다. 땅에 들러붙어서, 그것들은 함께 가거나, 함께 쓰러진다.

'신비'라는 말은 머뭇거려지지만, 기진한 삶 속에도 신비는 있다.

오르막길 체인의 끊어질 듯한 마디마디에서, 기어의 톱니에서, 뒷바퀴 구동축 베어링에서, 생의 신비는 반짝이면서 부서지고 새롭게 태어나서 흐르고 구른다. 땅 위의 모든 길을 다 갈 수 없고 땅 위의 모든 산맥을 다 넘을 수 없다 해도, 살아서 몸으로 바퀴를 굴려 나아가는 일은 복되다.

꽃 피는 해안선

여수 돌산도 향일암

여수의 남쪽, 돌산도 해안선에 동백이 피었다. 산수유도 피고 매화도 피었다. 자전거는 길 위에서 겨울을 났다. 겨울에는 봄의 길들을 떠올릴 수 없었고, 봄에는 겨울의 길들이 믿어지지 않는다. 다 지나오고 나도, 지나온 길들이 아직도 거기에 그렇게 뻗어 있는 것인지 알 수 없다. 그래서 모든 길은 처음부터 다시 가야 할 새로운 길이다. 겨우내 끌고 다니던 월동장구를 모두 다 버렸다. 방한복, 장갑, 털양말도 다 벗어버렸다. 몸이 가벼워지면 길은 더 멀어 보인다. 티셔츠 차림으로 꽃 피는 남쪽 바다 해안선을 따라 달릴 때, 온몸의 숨구멍이 바람 속에서 열렸다.

돌산도 향일암 앞바다의 동백숲은 바닷바람에 수런거린다. 동백꽃은 해안선을 가득 메우고도 군집으로서의 현란한 힘을 이루지 않는다. 동백은 한 송이의 개별자로서 제각기 피어나고, 제각기 떨어진다. 동백은 떨어져 죽을 때 주접스런 꼴을 보이지 않는다. 절정에 도달한 그 꽃은, 마치 백제가 무너지듯이, 절정에서 문득 추락해버린다. '눈물처럼 후드득' 떨어져버린다.

돌산도 율림리 정미자씨 집 마당에 매화가 피었다. 1월 중순에 눈 속에서 봉오리가 맺혔고, 이제 활짝 피었다. 매화는 잎이 없는 마른 가지로 꽃을 피운다. 나무가 몸속의 꽃을 밖으로 밀어내서, 꽃은 뿜어져나오듯이 피어난다. 매화는 피어서 군집을 이룬다. 꽃 핀 매화숲은 구름처럼 보인다. 이 꽃구름은 그 경계선이 흔들리는 봄의 대기 속에서 풀어져 있다. 그래서 매화의 구름은 혼곤하고 몽롱하다. 이것은 신기루다. 매화는 질 때, 꽃송이가 떨어지지 않고 꽃잎 한 개 한 개가 낱낱이 바람에 날려 산화散華한다. 매화는 바람에 불려가서 소멸하는 시간의 모습으로 꽃보라가 되어 사라진다. 가지에서 떨어져서 땅에 닿는 동안, 바람에 흩날리는 그 잠시 동안이 매화의 절정이고, 매화의 죽음은 풍장이다. 배꽃과 복사꽃과 벚꽃이 다 이와 같다.

선암사 뒷산에는 산수유가 피었다. 산수유는 다만 어른거리는 꽃의 그림자로서 피어난다. 그러나 이 그림자 속에는 빛이 가득하다. 빛은 이 그림자 속에 오글오글 모여서 들끓는다. 산수유는 존재로서의 중량감이 전혀 없다. 꽃송이는 보이지 않고, 꽃의 어렴풋한 기운만 파스텔처럼 산야에 번져 있다. 산수유가 언제 지는 것인지는 눈치채기 어렵다. 그 그림자 같은 꽃은 다른 모든 꽃들이 피어나기 전에, 노을이

여수 돌산도 향일암의 봄 바다

동백은 피어서 군집을 이루지 않는다.
개별자로 피어나는 그 꽃들은 제가끔 피어서 제가끔 떨어진다.
절정에서 바로 추락해버린다. 그래서 동백이 떨어진 나뭇가지에는
아무런 흔적도 남지 않는다. 문득 있던 것이 문득 없다.
뜨거운 애욕의 정념 혹은 어떤 고결한 영혼처럼.

스러지듯이 문득 종적을 감춘다. 그 꽃이 스러지는 모습은 나무가 지우개로 저 자신을 지우는 것과 같다. 그래서 산수유는 꽃이 아니라 나무가 꾸는 꿈처럼 보인다.

산수유가 사라지면 목련이 핀다. 목련은 등불을 켜듯이 피어난다. 꽃잎을 아직 오므리고 있을 때가 목련의 절정이다. 목련은 자의식에 가득 차 있다. 그 꽃은 존재의 중량감을 과시하면서 한사코 하늘을 향해 봉오리를 치켜올린다. 꽃이 질 때, 목련은 세상의 꽃 중에서 가장 남루하고 가장 참혹하다. 누렇게 말라 비틀어진 꽃잎은 누더기가 되어 나뭇가지에서 너덜거리다가 바람에 날려 땅바닥에 떨어진다. 목련꽃은 냉큼 죽지 않고 한꺼번에 통째로 툭 떨어지지도 않는다. 나뭇가지에 매달린 채, 꽃잎 조각들은 저마다의 생로병사를 끝까지 치러낸다. 목련꽃의 죽음은 느리고도 무겁다. 천천히 진행되는 말기 암 환자처럼, 그 꽃은 죽음이 요구하는 모든 고통을 다 바치고 나서야 비로소 떨어진다. 펄썩, 소리를 내면서 무겁게 떨어진다. 그 무거운 소리로 목련은 살아 있는 동안의 중량감을 마감한다. 봄의 꽃들은 바람이 데려가거나 흙이 데려간다. 가벼운 꽃은 가볍게 죽고 무거운 꽃은 무겁게 죽는데, 목련이 지고 나면 봄은 다 간 것이다.

향일암 앞바다의 동백꽃은 사람을 쳐다보지 않고, 봄빛 부서지는 먼바다를 쳐다본다. 바닷가에 핀 매화 꽃잎은 바람에 날려서 눈처럼 바다로 떨어져내린다.

매화 꽃잎 떨어지는 봄 바다에는, 나고 또 죽는 시간의 가루들이 수억만 개의 물비늘로 반짝이며 명멸을 거듭했다. 사람의 생명 속을 흐르는 시간의 풍경도 저러할 것인지는 알 수 없었으나, 봄 바다 위의 그 순결한 시간의 빛들은 사람의 손가락 사이를 다 빠져나가서 사람이 그것을 움켜쥘 수 없을 듯싶었고, 그 손댈 수 없는 시간의 바다 위에 꽃잎은 막무가내로 쏟아져내렸다.

봄은 숨어 있던 운명의 모습들을 가차없이 드러내 보이고, 거기에 마음이 부대끼는 사람들은 봄빛 속에서 몸이 파리하게 마른다. 봄에 몸이 마르는 슬픔이 춘수春瘦다.

13세기 고려 선종 불교의 6세 조사 충지冲止, 1226~1292는 지눌知訥 문중의 대선사였다. 송광사에 오래 머무르면서 왕이 불러도 칭병하고 나아가지 않았다. 충지는 초봄에 입적했다. 충지는 숨을 거둘 때 "고향으로 돌아가는 길은 평탄하구나. 너희들은 잘 있으라"라고 말했다. 대지팡이 하나로 삶을 마친 이 고승도 때때로 봄날의 적막을 견디기 어려웠던 모양이다. 산사의 어느 봄날에 충지는 시 한 줄을 썼다.

> 아침 내내 오는 이 없어終朝少人到
> 귀촉도는 제 이름을 부르며 운다杜宇自呼名

이것은 깨달은 자의 오도송悟道頌이 아니라, 사람 사는 마을의 봄을 그리워하는 노래다. 이 그리움은 설명적 언어의 탈을 쓰고 있지 않다. 그리고 이 그리움의 길은 출구가 없다. 봄의 새들은 저마다 제 이름을 부르며 울고, 제 이름을 부르며 우는 울음은 끝끝내 위로받지 못한다. 봄에 지는 모든 꽃들도 다 제 이름을 부르며 죽는 모양이다.

설요薛瑤는 한국 한문학사의 첫 장에 나온다. 7세기 신라의 젊은 여승이다. 그 여자의 몸의 아름다움과 시 한 줄만이 후세에 전해진다. 그 시 한 줄은 봄마다 새롭다. 이 젊은 여승의 몸은 꽃 피는 봄 산의 관능을 견딜 수 없었다. 그 여자는 시 한 줄을 써놓고 절을 떠나 속세로 내려왔다.

> 꽃 피어 봄 마음 이리 설레니瑤草芳兮春思芬
> 아, 이 젊음을 어찌할거나蔣奈何兮是青春

이것은 대책이 없는 생의 충동이다. 그 충동은 위태롭고 무질서하다. 한문학자 손종섭은 이 시에 대해서 "아, 한 젊음을 늙히기에 저리도 힘듦이여!"라고 썼다. 이 노래의 제목은 '세상으로 돌아가는 노래返俗謠'이다. 절을 떠날 때 그 여자는 스물한 살이었다. 속세로 내려와서 그 여자는 시 쓰는 사내의 첩이 되었고, 당나라를 떠돌다가 통천通泉에서 객사했다.

7세기의 봄과 13세기의 봄이 다르지 않고, 올봄이 또한 다르지 않다. 그 꽃들이 해마다 새롭게 피었다 지고, 지금은 지천으로 피어 있다.

바다로 나아가고 싶은 거북

향일암向日庵은 여수 돌산도 맨 남쪽 벼랑 위의 절이다. 멀리서 보면 해안 단애 위에 붙은 바다제비의 집과 같다. 벼랑 끝에 종루가 세워져 있다. 이 절에서 종을 치면 종소리는 바닷속의 물고기와 자라 들에게로 퍼진다.

이 절은 영귀암靈龜庵이라 불리기도 한다. 절을 안고 있는 금오산해발 323미터은 마치 물속으로 들어가기 위해 이제 막 바닷가에 도착한 거북의 모습이다. 이 거북이 등 위에 절을 싣고 바다로 나아가려 하고 있다. 거북의 앞발 한 쌍은 벌써 물속에 담가져서 땅을 밀쳐내고 앞으로 나아가려 하는데, 거북은 수천 년 동안 땅에 들러붙어서 바다로 가지 못한다. 거북은 머리를 들어서 먼바다를 보고 있고, 절도 먼바다를 바라보면서 갈 수 없는 바다로 종을 때려서 소리를 보낸다.

신라 선덕여왕 13년서기644년에 원효가 이 절을 창건했다고 하나 확실치 않다. 절로 올라가는 길은 기암절벽의 바위 틈새로 난 길을 비집고 한 사람씩 겨우 지나갈 수 있다. 바위 틈새의 길은 어둡고 또 구불구불하다. 절 마당에 이르면 갑자기 남해의 푸른 바다가 눈앞에 펼쳐져서, 이 절 마당은 수직적인 고양감과 수평적인 무한감으로 가득하다. 멀리서 보면 새 둥지처럼 작은 절이고, 절 마당에서 보면 우주처럼 큰 절이다.

벼랑 아래 바닷가 동백숲에는 동백꽃이 피었다. 바람이 스칠 때마다 꽃들은 뚝뚝 떨어지고, 바다로 가지 못하는 거북의 등 위에서 사람들은 관세음보살을 수없이 부르고 있다.

흙의 노래를 들어라
남해안 경작지

봄의 흙은 헐겁다. 남해안 산비탈 경작지의 붉은 흙은 봄볕 속에서 부풀어 있고, 봄볕 스미는 밭들의 이 붉은색은 남도의 봄이 펼쳐내는 모든 색깔 중에서 가장 깊다. 이 붉고 또 깊은 밭이 남도의 가장 대표적인 봄 풍광을 이룬다. 밭들의 두렁은 기하학적인 선을 따라가지 않고, 산비탈의 경사 각도와 그 땅에 코를 박고 일하는 사람들의 인체 공학의 리듬을 따라간다. 그래서 그 밭두렁은 구불구불하다. 밭들의 생김새는 "뱀과 같고 소 뿔과 같고 둥근 가락지 같고 이지러진 달과 같고 당겨진 활과 같고 찢어진 북과 같다"(『목민심서』)라고 다산茶山은 말했다. 가로 곱하기 세로로 그 땅의 면적을 산출해내는 지방 관리들의 무지몽매를 다산은 통렬히 비난했다. 가로 곱하기 세로가 합리성이 아니고, 구부러진 밭두렁을 관념 속에서 곧게 펴는 것이 과학성이 아니며, 구부러진 리듬의 필연성을 긍정하는 것이 합리라고 다산은 말한 셈이다. 그리고 그가 긍정했던 그 구부러진 밭두렁들은 지금도 남도의 봄볕 속에서 그렇게 구부러져서, 둥근 가락지 같고 이지러진 달과 같다.

그 경작지에서 언 땅이 녹고 햇볕이 땅속으로 스며들어 흙의 관능은 노곤하게 풀리면서 열린다. 봄에 땅이 녹아서 부푸는 과정들을 들여다보는 일은 행복하다. 이 행복 속에서 과학과 몽상은 합쳐진다.

언 땅에 쪼이는 녹인 초봄의 햇살은 흙 표면의 얼음을 겨우 녹이고 흙 속으로 스민다. 흙 속에서는, 얼음이 녹은 자리마다 개미집 같은 작은 구멍들이 열리고, 이 구멍마다 물기가 흐른다. 밤에는 기온이 떨어져서 이 물기는 다시 언다. 이때 얼음은 겨울처럼 꽝꽝 얼어붙지 않고, 가볍게 언다. 다음날 아침에 다시 햇살이 내리쬐어서 구멍마다 얼음은 녹는다. 물기는 얼고 녹기를 거듭하면서 흙 속의 작은 구멍들을 조금씩 넓혀간다. 넓어진 구멍들을 통해 햇볕은 조금 더 깊이 흙 속으로 스민다. 그렇게 해서, 봄의 흙은 헐거워지고, 헐거워진 흙은 부풀어오른다. 해가 뜨기 전, 봄날의 새벽에 밭에 나가보면, 땅속에서 언 물기가 반짝이는 서리가 되어 새싹처럼 땅 위로 돋아나 있다. 이것이 봄 서리이다. 흙은 초겨울 서리에 굳어지고 봄 서리에 풀린다. 봄 서리는 초봄의 땅 위로 돋아나는 물의 싹이다.

봄풀들의 싹이 땅 위로 돋아나기 전에, 흙 속에서는 물의 싹이 먼저 땅 위로 돋아난다. 물은 풀이 나아가는 흙 속의 길을 예비한다. 얼

여수 돌산도 남쪽 군내리의 마늘밭

늙은 여인네는 하루 종일 마늘밭에서 김을 매면서 한마디 말도 하지 않는다.
개가 마늘밭에 따라와 앉아서 주인을 바라보고 있다. 개는 주인을 돕지 못한다.
개와 주인은 닮아 있다.

고 또 녹는 물의 싹들은 겨울 흙의 그 완강함을 흔들고, 풀어진 흙 속에서는 솜사탕 속처럼 빛과 물기와 공기의 미로들이 펴져나간다. 풀의 싹들이 흙덩이의 무게를 치받고 땅 위로 올라오는 것이 아니고, 흙덩이의 무게가 솟아오르는 풀싹을 짓누르고 있는 것이 아니다. 풀싹이 무슨 힘으로 흙덩이를 밀쳐낼 수 있겠는가. 이것은 물리현상이 아니라 생명현상이고, 역학이 아니라 리듬이다. 풀싹들은 헐거워진 봄 흙 속의 미로를 따라서 땅 위로 올라온다. 흙이 비켜준 자리를 따라서 풀은 올라온다. 생명은 시간의 리듬에 실려서 흔들리면서 솟아오르는 것이어서, 봄에 땅이 부푸는 사태는 음악에 가깝다.

겨울을 밭에서 지낸 보리는 이 초봄 흙들의 난만한 들뜸이 질색이다. 한창 자라날 무렵에 헐거워진 흙들이 뿌리를 꽉 껴안아주지 않기 때문이다. 그래서 흙을 이해하는 농부는 봄볕이 두터워지면 식구들을 모두 보리밭으로 데리고 나와서 흙을 밟아준다. 농부는 보리가 봄을 다 지낼 때까지 부풀어오르는 흙을 눌러놓는다.

돌산도 남쪽 해안선을 자전거로 달리다가 한 해의 일을 시작한 늙은 농부한테서 봄 서리와 봄볕과 흙과 풀싹이 시간의 리듬 속에서 어우러지는 사태에 대한 설명을 들었다. 늙은 농부는 농부답게 어눌했지만 서울에 돌아와서 토양학을 전공하는 교수들에게 물어봤더니 농부의 얘기가 다 맞다고 한다. 밭두렁에 자전거를 세워놓고 자꾸 캐물으니까 늙은 농부는 "이 사람아, 싱거운 소리 그만하고 어서 가. 그게 다 저절로 되는 게야"라고 말했다.

무당들의 노래는 세계의 근본을 이야기로 풀어낸다. 이 노래가 '본풀이'이다. 제주도 무당들의 본풀이는 대하소설처럼 웅장한 구도를 갖는다. 본풀이는 설명할 수 없는 세계를 마침내 설명하고 거기에 언어를 부여한다. 그래서 그 노래는 신들이 부르는 노래가 아니라 땅 위에서 부르는 인간의 노래다. 경북 지방 무당들의 본풀이는 흙의 근본을 이렇게 풀어낸다.

> 태초에 땅 위의 세상은 진흙 뻘밭이었다. 하늘나라 공주가 가락지를 이 진흙 수렁에 떨어뜨렸다. 하느님은 남녀 한 쌍을 이 세상으로 내려보내 가락지를 찾아오도록 했다. 남녀는 손으로 진흙 수렁을 주무르며 가락지를 찾아 헤맸으나 찾지 못했다. 진흙 수렁 속에서 남녀는 정이 들어 사랑했다. 남녀는 하느님의 명령을 배반하고 가락지 찾기를 집어치웠다. 남녀는 이 세상의 진흙 수렁에서 살기로 작정하고 결혼했다. 이 부부가 가락지를 찾기 위해 손바닥으로 주물렀던 진흙 수렁은 마른 흙이 되었고, 이 흙 속에서 풀과 곡식 들이 돋아났다. 이것이 밭이다.

이 노래의 전언傳言은 선명하다. 흙과 밭은 사랑과 고난의 자리로서 인간에게 주어졌다. 이 흙은 하느님의 몫이 아니라 버림받은 인간의 몫이다. 손바닥으로 주물러야만 한줌의 진흙은 한줌의 경작지로 바뀐다. 하느님의 가락지는 진흙 속에 숨어 있고 사람들이 그 가락지를 찾지 못해도, 이 사랑과 고난이 사람들을 그 땅에 붙잡아서 정주定住하게 한다.

지금, 봄볕에 깨어나는 경작지 위에서 늙은 농부들은 흙을 주무르고 있다. 마늘밭과 봄동밭과 시금치밭에 김을 매고 있다. 부부가 함께 일할 때, 늙은 부부는 이쪽저쪽으로 멀리 떨어져서 일한다. 늙은 부부는 하루 종일 밭에서 일하지만, 한마디도 말을 나누지 않는다. 날이 저물어 돌아갈 때도 남편이 앞서고 아내는 몇 걸음 떨어져서 뒤따른다. 그들은 말로 의사소통을 하는 단계를 넘어섰거나, 아니면 소통되어야 할 의사가 이미 다 소통되어버린 것 같았다. 밭 가운데 무덤들이 들어앉아 있다. 한평생 그 밭을 갈던 농부가 죽어서 그 밭 속에서 누워 있다. 부부가 함께 밭으로 들어가서 누운 무덤들도 있다. 그 밭 옆에는 신석기시대의 고인돌 무덤도 있다. 부푸는 봄의 흙 속에서 새파란 것들이 일제히 솟아오르고 있다.

봄나물을 먹으며

새로 돋아난 봄 냉이를 엷은 된장에 끓인 국이 아침 밥상에 올랐다. 모시조개 몇 마리도 국 속에서 입을 벌리고 있었다. 새벽에 자전거를 타고 나가서 공원을 몇 바퀴 돌고 오니까 현관문을 열 때 집 안에 국 냄새가 자욱했다. 냄새만으로도 냉잇국이란 걸 알아맞혔다. 아내는 기뻐했다. 국 한 모금이 몸과 마음속에 새로운 천지를 열어주었다. 기쁨과 눈물이 없이는 넘길 수가 없는 국물이었다. 국물 속에 눈물이 섞여 있는 맛이었다. 겨울 동안의 추위와 노동과 폭음으로 꼬였던 창자가 기지개를 켰다. 몸속으로 봄의 흙냄새가 자욱이 퍼지고 혈관을 따라가면서 마음의 응달에도 봄풀이 돋는 것 같았다.

된장의 친화력은 크고도 깊다. 된장의 친화력은 이중적이다. 된장은 국 속의 다른 재료들과 잘 사귀고, 그 사귐의 결과로 인간의 안쪽으로 스민다. 이 친화의 기능은 비논리적이어서, 분석되지 않는다. 된장과 인간은 치정관계에 있다. 냉이된장국을 먹을 때, 된장 국물과 냉이 건더기와 인간은 삼각 치정관계이다. 이 삼각은 어느 한쪽이 다른 두 쪽을 끌어안는 구도의 치정이다. 그러므로 이 치정은 평화롭다. 냄비 속에서 끓여지는 동안, 냉이는 된장의 흡인력의 자장 안으로 끌려 들어가면서 또 거기에 저항했던 모양이다. 냉이의 저항 흔적은, 냉이 속에 깊이 숨어 있던 봄의 흙냄새, 황토 속으로 스미는 햇빛의 냄새, 싹터오르는 풋것의 비린내를 된장 국물 속으로 모두 풀어내놓는 평화를 이루고 있다.

이 평화 속에는 산 것을 살아가게 하는 생명의 힘이 들어 있다. 하나의 완연한 세계를 갖는 국물이란 흔치 않다. 된장은 냉이의 비밀을 국물 속으로 끌어내면서 냉이를 냉이로서 온전하게 남겨둔다. 냉이 건더기를 건져서 씹어보면, 그 뿌리에는 봄 땅의 부풀어오르는 힘과 흙냄새를 빨아들이던 가는 실뿌리의 강인함이 여전히 살아 있고 그 이파리에는 봄의 햇살과 더불어 놀던 어린 엽록소의 기쁨이 살아 있다.

지난겨울은 너나없이 춥고 힘들었다. 서울 여의도 서강대교 밑 밤섬에서 겨울을 난 철새들의 제1진은 지난 3월 18일 아침 7시께 철수했다. 새들은 도시가 아직 깨어나지 않은 미명을 기해서 한강 하류인 행주산성 아래 갈대밭으로 두어 마리씩 집결했고, 거기서부터는 수십 개의 비행 편대를 이루며 강화 쪽 하늘로 날아갔다.

사람은 새처럼 옮겨다니며 살 수가 없으므로 이 기진맥진한 강가에서 또 봄을 맞는다. 살아갈수록 풀리고 펴지는 것이 아니라 삶은 점점 더 고단하고 쓸쓸해진다. 늙은 말이 무거운 짐을 싣고 네발로 서지 못하고 무릎걸음으로 엉기는 것 같다. 겨우, 그러나 기어코 봄은 오는데, 그 봄에도 손잡이 떨어진 냄비 속에서 한 움큼의 냉이와 된장은 이 기적의 국물을 빚어낸다. 사람도 봄나물처럼 엽록소를 피부에 지니고 태어난다면 얼마나 좋겠는가라고 냉이된장국을 먹으면서 아내에게 말했다. 아내는 슬퍼했다. 아내를 위로한다고 꺼낸 말이 또 이 지경이 되었다.

달래는 냉이와 한 짝을 이루면서도 냉이의 반대쪽에 있다. 똑같이 메마르고 거친 땅에서 태어났으나 냉이는 그 고난으로부터 평화의 덕성을 빨아들이고, 달래는 시련의 엑기스만을 모아서 독하고 뾰족한 창끝을 만들어낸다. 달래는 기름진 땅에서는 살지 않는다. 달래의 구근은 커질 수가 없다. 달래는 그 작고 흰 구슬 안에 한 생애의 고난과 또 거기에 맞서던 힘을 영롱한 사리처럼 간직하는데, 그 맛은 너무 독해서 많이 먹을 수가 없다. 달래는 인간에게 정신차리라고 말하는 것 같다.

달래와 냉이는 그렇고, 쑥된장국은 또 어떤가. 쑥은, 그야말로 '겨우 존재하는 것들'이다. 그것들은 여리고 애달프다. 이 여린 것들이 언 땅을 뚫고 가장 먼저 이 세상에 엽록소를 내민다. 쑥은 낯선 시간의 최전선을 이끌어간다. 쑥들은 보이지 않게 겨우 존재함으로써, 이 강고한 시간과 세월의 틈새를 비집고 나올 수가 있는 모양이다. 그것들에게는 이 세상 먹이 피라미드 맨 밑바닥의 슬픔과 평화가 있다. 된장 국물 속에서 끓여질 때, 쑥은 냉이보다 훨씬 더 많이 된장 쪽으로 끌려간다. 국물 속의 쑥 건더기는 다만 몇 오라기의 앙상한 섬유질만으로 남는다. 쑥이 국물에게 바친 내용물은 거의 전부가 냄새이다. 그 국물은 쓰고 또 아리다. 먹이 피라미드 맨 밑바닥의 아린 냄새가 된장의 비논리성 속에 퍼져 있다. 그 냄새는 향기가 아니라, 고통이나 비애에 가깝다. 쑥된장국의 동물성 짝은 아마도 재첩국이 될 것이다. 재첩은 콩알만한 크기의 민물조개다. 섬진강 아랫마을 사람들이 즐겨 먹는다. 그 국물의 색깔은 봄날의 아침 안개와 같고, 그 맛은 동물성 먹이 피라미드 맨 밑바닥의 맛이다. 차마 안쓰러운 이 국물은 그 안쓰러움으로 사람의 마음을 데워준다. 쑥된장국이 재첩국과 다른 점은 동물성의 그 몽롱한 비린내가 빠져 있다는 점이다. 쑥된장국의 냄새는 그것을 먹는 인간에게 괜찮다, 다 괜찮다고 말하는 것 같기도 하고, 마침내 돌아가야 할 곳의 정갈함을 일깨우기도 한다. 그 풀은 풀의 비애로써 인간의 비애를 헐겁게 한다.

미나리는 전혀 종자와 근본이 다르다. 겨울 강가의 얼음 갈라진 틈으로, 이 새파란 것들은 솟아오른다. 미나리에는 출신지의 음영이 드리워져 있지 않다. 미나리에는 지나간 시간의 찌꺼기가 묻어 있지 않다. 미나리에는 그늘이 없다. 미나리는 발랄하고 선명하다. 미나리의 맛은, 경험되지 않은 새로운 시간의 맛이다. 맛의 질감으로 분류한다면 미나리는 톳나물이나 두릅나물에 가깝다. 그러므로 미나리는 된장의 비논리성과 친화하기 어렵고 오히려 고추장의 선명성과 잘 어울린다. 봄 미나리를 고추장에 찍어서 날로 먹으면서, 우리는 지나간 시간들과 전혀 다른, 날마다 우리를 새롭게 해주는 새로운 날들이 우리 앞에 예비되어 있음을 안다. 새들이 떠난 강가에서 우리는 산다. 아내를 따라서 시장에 가보니, 바다를 남에게 내준 뒤로 생선 값은 무섭게 올랐고, 지천으로 널린 봄나물은 싸다.

땅에 묻히는 일에 대하여

여수의 무덤들

봄볕이 내리쬐는 남도의 붉은 흙은 유혹적이다. 들어오라 들어오라 한다. 부드럽게 부풀어오른 흙 속으로 들어가 누워서 백골을 가지런히 하고 쉬고 싶다.

가끔씩 죽는 꿈을 꾼다. 꿈에 내가 죽었다. 죽어서 병풍 뒤로 실려갔다. 병풍 뒤는 어두웠다. 칠성판 위에 누웠다. 병풍 너머에는 나를 문상 온 벗들이 모여서 소주를 마시며 떠들고 있었다. 나는 죽은 지 얼마 안 되었기 때문에 아직도 살아서 떠드는 이승의 목소리를 들을 수 있었다.

취한 벗들은 병풍 너머에서 마구 떠들었다. 내가 살았을 때 저지른 여러 악행이며, 주책이며, 치정을 그들은 아름답게 윤색해서 안줏거리로 삼고 있었다. 취한 벗들은 정치며, 문학이며, 영화며, 물가를 이야기했다. 저렴한 가격으로 세련된 서비스를 받을 수 있는 술집이며, 이발소에 관한 정보를 교환하기도 했다. 죽은 지 얼마 안 되는 내 귀에는 취한 벗들의 떠드는 소리가 또렷하게 들렸다.

아, 저 한심한 자식들. 아직도 살아서 저런 헛소리들을 나불거리고 있구나. 이 자식들아, 너희들하고 이제는 절교다. 절교인 것이다. 아, 다시는 저것들을 상종 안 해도 되는 이 자리의 적막은 얼마나 고귀한 것인가. 나는 그렇게 적막하게 가련다. 병풍 뒤 칠성판 위에 누워서 나는 그런 생각을 했다. 나는 죽은 자의 위엄과 죽은 자의 우월감으로 처연했고 내 적막한 자리 위에서 아늑했으며, 병풍 너머의 술판에 끼고 싶은 생각은 아예 없었다. 나는 미소지으며 누워 있었다. 그러니 그때 나는 덜 죽은 것이었다.

그러다가, 사람들이 나를 염하러 왔다. 나를 내다버리러 온 것이었다. 내 입을 벌리고 쌀을 퍼넣었다. 나는 이승에서의 밥에 진저리가 났으므로 쌀을 뱉어버리고 싶었다. 그러나 입이 말을 듣지 않았다. 사람들은 나를 발가벗겨서 베옷을 입히고 꽃신을 신겼다. 그러더니 내 손발을 꽁꽁 묶었다. 나는 너무 아파서 살려달라고 울면서 빌었다. 저 캄캄한 흙구덩이 속으로 들어갈 일을 생각하니, 발버둥이쳐졌다. 그러나 발버둥이는 쳐지지 않았다. 나는 발버둥이쳐지지 않는 발버둥이를 버둥거리다가 잠에서 깨어났다.

식은땀이 등판을 적셨고 아내는 돌아누워 잠들어 있었다. 마당에서 개 짖는 소리가 났다. 나는 개 짖는 소리에 매달려 다시 이승으로 돌아왔다. 써야 할 원고의 마감시간이며, 글의 방향 같은 것들이 다시 내 머릿속에 떠올랐다. 나는 어둠을 쳐다보면서 땀에 젖은 요 위에 누워 있었다. 나는 문상 왔던 병풍 너머의 벗들이 그리워서 어둠 속에서 울었다. 나는 죽지 않았던 것이다.

봄의 무덤들은 평화롭다. 푸른 보리밭 속의 무덤들은 죽음이 갖는 단절과 차단의 슬픔을 넘어선 지 오래다. 그 무덤들을 들여다보고 있노라면, 죽음은 바람이 불고 날이 저물고 달이 뜨고 밀물이 들어오고 썰물이 빠져나가는 것처럼 편안한 순리로 느껴진다.

30년쯤 전에 아버지를 묻을 때, 내 어린 여동생들은 데굴데굴 구르며 울었다. 나는 내 동생들한테 울지 말라고 소리지르면서 울었다. 지금은 한식 때 아버지 묘지에 성묘 가도 울지 않는다. 내 동생들도 이제는 안 운다. 죽음이, 날이 저물면 밤이 되는 것 같은 순리임을 아는 데도 세월이 필요한 모양이다.

전남 여수의 어떤 무덤들은 보리밭 한가운데 들어앉아 있다. 봉분이 두 개다. 마을 사람들한테 물어보니까 그 무덤은, 살아서 한평생 그 밭을 갈아먹던 부부의 무덤이라고 한다. 살아서 갈아먹던 밭 속으로 들어가 눕는 죽음은 편안해 보였다. 어떠한 삶도 하찮은 삶은 아닐 것이었다. 살아 있는 동안의 기쁨과 눈물이, 살아서 갈아먹던 밭 속에서 따스한 젖가슴 같은 봉분을 이루는 죽음은, 죽음이 아니라 삶의 중요한 한 부분인 것처럼 보인다.

땅이 없는 가난한 어부들은 죽어서 바닷가의 버려진 땅에 묻힌다.

구룡포 해안의 바닷가 무덤

바다에 나아가 고기 잡던 사람들은 죽어서 바닷가에 묻힌다.
물가에 가까운 무덤은 파도에 쓸려가버렸다.
이런 무덤은 물가에서 멀수록 명당이다.

포항이나 울진의 바닷가를 자전거를 타고 천천히 저어가면 이런 무덤들을 흔히 볼 수 있다. 무덤들은 바닷가 잡초 속에서 봉분이 허물어져 있고, 풀들이 해풍에 쓸리고 있다. 이런 무덤들은 물에서 먼 쪽이 명당이다. 바다가 사나운 날에 물가에 가까운 봉분들은 파도에 씻겨서 흔적도 없이 사라진다. 농부가 밭에 묻히듯이, 가난한 어부들은 백골을 바다에 준다. 그 아들들이 다시 고기를 잡고, 쓸려나간 봉분의 흔적조차도 이제는 편안해 보인다. 바다가 춥고 땅이 따뜻한 것도 아닐 것이다.

돌산도에는 고인돌 옆에 요즘의 무덤들이 들어서 있다. 신석기 이래로 죽음의 수만 년이 봄볕 속에서 나란히 포개져 있다. 사람들이 죽어서, 수만 년 지층의 켜처럼 가지런히 누워 있다. 놀라운 평등의 풍경이 거기에 펼쳐져 있었다.

영동 민주지산 아래 동네에는 한 집안의 다섯 어른 무덤을 대문 앞에 모신 집도 있다. 성묘가 따로 없고 후손들이 들고 나며 무덤에 절한다. 그 무덤들은 죽어서 떠났지만 결국 떠나지 않은 사람들의 무덤이었다. 그 무덤들은 삶의 지속성 속에서 평화로워 보였다. 그래서 모든 무덤들은 강물이 흐르고 달이 뜨는 것처럼 편안하다. 비가 개면 바람이 불듯이, 그 편안함이 순리로 다가올 때까지, 이승에 남아서 밥벌이를 하자. 벗들아, 그대들을 경멸했던 내 꿈속의 적막을 용서해다오. 봄볕 쪼이는 흙 속의 유혹은 아마도 이 순리의 유혹이었을 것이다.

지상의 무덤들이 자꾸만 늘어난다.

가을빛 속으로의 출발

양양 선림원지

자전거는 강원도 인제군과 양양군의 접경마을인 양양군 서면에서 출발한다. 여기는 해발고도 400미터이다. 사진가 강운구와 그의 후배인 프리랜서 사진기자 이강빈이 동행했다. 이 자전거는 여기서부터 미천골을 굽이굽이 우회하는 산림도로를 따라 남진하면서 태백산맥에 쏟아져내리는 가을의 빛 속으로 들어간다.

이 자전거는 해발 1,100미터 고지에서 태백산맥을 넘게 될 것이고, 그 꼭대기에서부터는 내리막과 오르막을 수없이 헤쳐나가면서 북동진한다. 그리고 산맥 저편 마을에서부터는, 살아서 돌아온 연어떼들 우글거리는 남대천의 물줄기를 바짝 끼고 달려서 이윽고 동해에 당도할 것이다. 흰 자작나무숲에 내리는 가을의 빛과 산간마을들의 삶의 기쁨과 슬픔 속으로 바퀴를 굴려서 나아간다.

출발 전에, 자전거를 엎어놓고 닦고 조이고 기름 쳤다. 서울서 가지고 간 장비들을 현지에서 출발하기 전에 버리고 또 버렸다. 수리 공구 한 개가 모자라도 산속에서 오도 가도 못할 테지만, 장비가 무거우면 그 또한 오도 가도 못한다.

스패너 뭉치와 드라이버 세트와 공기 펌프와 고무풀은 얼마나 사랑스런 원수덩어리인가. 몸의 힘으로 나아갈 수밖에 없을진대, 장비가 있어야만 몸을 살릴 수 있고, 장비가 없어야만 몸이 나아갈 수 있다. 출발 전에 장비를 하나씩 점검해서 배낭에서 빼 버릴 때, 몸이 느끼는 두려움은 정직하다. 배낭이 무거워야 살 수 있지만, 배낭이 가벼워야 갈 수 있다. 그러니 이 무거움과 가벼움은 결국 같은 것인가. 같은 것이 왜 반대인가. 출발 전에 장비를 하나씩 빼 버릴 때 삶은 혼자서 조용히 웃을 수밖에 없는 비애이며 모순이다. 몸이 그 가벼움과 무거움, 두려움과 기쁨을 함께 짊어지고 바퀴를 굴려 오르막을 오른다.

빛 속으로 들어가면 빛은 더 먼 곳으로 물러가는 것이어서 빛 속에 선 빛을 만질 수 없었고 태백산맥의 가을빛은 다만 먼 그리움으로서만 반짝였다.

양양군 선림원 옛 절터

자전거는 강원도 양양군 서면 미천골 입구의 선림원 옛 절터에서 출발했다. 선림원은 1,200년 전 신라 사찰의 폐허이다. 시대정신의 강건함이 무너지면 조형예술의 비례가 깨어진다는 말은 아마도 지나친 일반화일 테지만, 선림원 폐허의 3층석탑은 이미 기울어져버린 신라 애장왕 말년의 세월처럼, 체감률의 긴장과 균형을 상실한 채 다만 하나의 상투형으로 잡초 속에 서 있었다. 가을의 폐허에서, 그 이탈을 자유라고 말할 수는 없었다. 그것은 자유라기보다는 나른함이었다. 저 나른한 세월 속에서 가엾은 이 탑은 아마도 삼엄한 체감률의 긴장으로 초월을 지향하기에는 힘에 부쳤던 모양이다.

신라 애장왕 2년 9월에 웬 요사스런 별 하나가 달 속으로 파고들어 갔다. 별들이 비 오듯이 땅으로 떨어졌다. 임금은 궁궐 안의 연회장을 증축했고 태자궁을 새로 지었다. 엎드린 돌이 일어나서 돌아다녔고, 바닷물이 피로 변했다. 망해사 앞마당의 탑 두 개가 서로 싸웠고 지진이 계속되었다. 삼복중에 눈이 내렸으며, 소금창고가 저절로 울면서 소 우는 소리를 냈고, 개구리가 뱀을 잡아먹었다. 13세에 보위에 올랐던 임금은 23세에 숙부의 칼에 맞아 죽었다. 김부식의 『삼국사기』가 전하는 9세기 초의 세월의 질감은 그토록 흉흉하고 조악했다.

세상의 소금창고들이 소 울음을 울던 그 시절에 홍각弘覺이라는 법명을 쓰는 승려가 이 깊은 산속에서 절을 열었다. 그는 대처의 땅을 밟지 않았고, 세상 잡사를 입에 담지 않았으며 먹을 갈아서 묵적을 남기지 않았다. 그가 누구인지 알 길이 없으나 가을의 폐허에서는 깨달음으로 세상의 울음을 재우려 했던 그의 절 짓기가 또 한바탕의 울음처럼 들렸고, 비례의 균형을 상실한 나른한 탑이 삼엄한 초월적 기상의 탑보다도 오히려 사람 쪽에 가까웠다.

폐허는 폐허의 방식으로 사람을 위로한다. 홍각의 거룩함을 위하여 후인들이 탑비를 세웠는데, 탑신은 깨어져나가 비문을 판독할 수 없고, 탑비 밑동의 돌거북은 산더미 같은 짐에 짓눌려 땅에 들러붙어서 오도 가도 못한다. 겨울 먹이를 물어나르던 다람쥐들이 돌거북 대가리에 올라 앞발을 비볐고, 이 폐허 위에 가을빛은 무진장으로 쏟아져 내렸다. 오직 빛만이 폐허가 아니었다. 새로운 시간의 빛들은 거듭 이 폐허에 쏟아져내릴 것이었다.

마지막 가을빛을 위한 르포

태백산맥 미천골

빛에 마음이 쏠리는 사람은 원근법으로 산맥을 해석하기를 힘들어 한다. 사진가 강운구가 바로 그런 사람인 듯싶다. 원근법으로 세상을 바라보는 사람은 자신의 위치를 지상의 한 점 위에 결박하고, 그렇게 결박된 자리를 세상을 내다보는 관측소로 삼는다. 이 부자유는 사람들의 눈 속에서 편안하게 제도화되어 있고 그렇게 관측된 세상은 납작하다. 자신이 발 붙이고 선 입지立地를 버려야 세상의 온전한 모습이 보일 터인데, 사람들의 발바닥은 땅바닥을 떠나지 못한다. 강운구의 카메라 뷰파인더 속에는 먼 산과 가까운 산이 잡히는 것이 아니라 먼 빛과 가까운 빛이 잡히는 것 같았다.

가을빛 쏟아져내리는 태백산맥 속에서, 강운구가 빛에 이끌리는 것인지 어둠에 이끌리는 것인지 알 수 없었다. 강운구는 빛에서 어둠으로, 어둠에서 빛으로, 빛과 어둠이 서로 배척하지 않는 서늘함 속으로 쉴새없이 자전거를 저어갔다.

저무는 날의 마지막 잔광이 사위는 저편 능선으로 그는 하루의 마지막 렌즈를 조준했다. 산맥에 가득 찬 가을빛 속에서 겨우 한줌의 빛 오라기를 추슬러 간직하는 카메라는 가엾은 기계였다. 내일은 또 내일의 빛이 쏟아져내릴 터인데, 그 감당 못할 영원성 속에서 그가 작동하는 셔터의 60분의 1초는 가엾은 시간이었다. 그 60분의 1초에 의해 세상과 그것을 바라보는 인간의 마음은 힘겹게 화해하고, 그 가엾은 기계의 안쪽으로 세상의 무늬와 질감은 겨우 자리잡는 것인데, 사람들이 영원성을 향하여 지분덕거리는 연장들의 안쓰러움은 대체로 이와 같고 언어 또한 저와 같아서, 가을의 태백산맥은 입을 열어서 말을 주절거리려는 인간을 향하여 입 닥쳐라 입 닥쳐라 한다.

11월의 태백산맥 7부 능선 위쪽은 이미 겨울이다. 잎 지는 산맥은 위쪽에서부터 허연 뼈를 드러내고, 나무들은 그 몸속에 잠재해 있던 모든 빛깔들을 몸 밖으로 밀어내면서 타오른다. 온 산맥의 계곡과 능선에 한 움큼씩의 가을빛을 실은 나뭇잎들은 폭설처럼 쏟아져내리고, 나뭇잎에 실린 빛들도 땅으로 스러지지만, 빛들이 스러진 자리에 새 빛들은 막무가내로 쏟아져내렸다.

아득한 신화의 시절부터 산은 물리적 고지일 뿐 아니라 관념적 자연이었다. 산은 높고 깊고 멀고 험해서, 그 시원성始原性은 훼손되지 않은 시간과 공간의 원형인 것으로 사람들의 마음속에 자리잡았다.

현세의 질곡 속에서 끝없이 배반당하는 인간의 모든 꿈은 산에 의탁되었는데, 배반당한 꿈들이 빚어내는 관념의 산은 인간의 원근법에 따라서 멀거나 가깝다.

도가道家의 산은 멀고 또 높아서, 그 봉우리들은 바람이 밀고 가는 안개와 구름에 가려 있고 거기에 이르는 길은 끊어져 있어 자전거를 굴려서 갈 수가 없다.

유가儒家의 산은 인간의 마을에 가깝다. 퇴계의 등산 코스인 청량산과 소백산은 인간의 삶을 새롭게 해주는 도덕적 소생력으로서만 아름다울 수가 있었다. 퇴계의 산은 인간의 마을이 이루어내야 할 꿈의 원형이었으며, 그 산은 마을에 이르는 정확한 하산로를 갖는 산이었다. 그는 은둔과 적멸로서의 산을 부정했고, 산에 가서 계곡 물을 퍼먹고 구름과 안개를 마시며 살려는 자들을 경멸했다. 그러므로 한산자당나라의 전설적인 거렁뱅이 시인는 길 없는 산으로 올라가는 뒷모습이 아름답고 퇴계는 길 있는 마을로 내려오는 앞모습이 아름답다. 동양의 산들은 거기에 의탁된 마음의 힘으로 높거나 깊어서, 산은 때때로 교조적이었다.

잎 지는 태백산맥은 한산자의 산도 퇴계의 산도 아닌 듯싶었다. 그 큰 산맥에 내리는 가을의 빛은 사람들이 거기에 투사했던 원근법의 그물코 사이를 빠져나오면서, 무진장으로 쏟아져내렸다. 그 산은 붉게 물드는 산이 아니라, 여름의 비린내가 물러가는 자리에서 제 본래의 빛깔로 돌아오는 산이었고, 사람들의 마음의 길과는 사소한 관련도 없이 빛나는 산이었으며, 새롭게 부활하는 빛들을 땅속 가장 깊은 곳에 묻으며 이제 흰 눈에 뒤덮일 산이었는데, 길이 끊겨서 갈 수 없는 저편 벼랑 아래 떨어진 빛의 부스러기를 강운구의 카메라는 조준하고 있었다.

아침 일찍 베이스캠프를 떠난 자전거는 오후 2시께 1,100미터 고지 마루턱에 당도했다. 오르막의 마지막 고비에서는 기어를 2단까지 풀어내리고도 허덕지덕하였다. 그 꼭대기에서 시설물 보수공사를 하던 근로자들이 무너질 듯이 비틀거리며 올라오는 자전거를 향해 박수를 쳐주었다. 고지의 바람은 찼고, 여러 골짜기를 훑어서 올라오는 바람의 풍향은 가늠하기 어려웠다. 거기서 커피를 끓여서 비스킷으로 점심을 먹었다. 여기서부터 저편 산 아래 첫 마을면옥치까지는 바람을 가르고 빛 속을 달리는 3시간의 내리막이다. 내리막을 너무 기뻐하지 않기로 강운구와 약속했다. 날이 저물어서 면옥치마을에 도착했다.

여기서부터 양양읍까지는 포장 국도로 35킬로미터이다. 내리막에서 넘어질 때 자전거 후미등이 깨졌다. 후미등이 없다면 자전거는 가로등도 없는 밤의 국도를 갈 수 없다. 산간마을에서 부속품을 구할 수도 없었다. 밤의 국도에는 자동차 통행량이 많았다. 강운구가 손전등을 켜서 등 위의 배낭 바깥쪽에 매달아주었다. 후미등의 꼬마 전구알 한 개 속에서도 생사가 엇갈린다는 생각은 끔찍했지만, 나를 발견하는 내 뒤쪽의 사람들이 나를 보호하리라는 확신은 아늑했다.

손전등을 배낭 뒤쪽에 매달고 자동차 속에 섞여서 밤길 35킬로미터를 달렸다. 사람들은 신호에 신호를 잇대어가면서 가로등 없는 밤길을 달려가고 있었다. 한밤중에 양양에 도착했다. 사람 사는 마을의 국물은 뜨거웠고, 양양은 살아서 돌아온 연어떼를 위한 축제를 벌이고 있었다. 자전거와 연어는 양양에서 만났는데, 그날 밤 여관에서, 산맥을 겨우 넘어온 자전거는 원양을 건너온 연어떼 앞에서 수줍게 잠들었다.

미천골에서 동해 쪽 첫 마을 면옥치

면옥치는 미천골 1,100미터 고지에서 동해 쪽으로 내려오는 길의 첫번째 마을이다. 여기는 맑은 땅이다. 푸성귀가 제 향기를 지니고 있고 공기가 맑아서 말소리가 또렷이 들린다. 연어 돌아오는 남대천의 맨 위쪽 물줄기가 마을 한가운데로 흐른다. 물가의 가을 나무들이 붉어서 그 밑을 흐르는 물도 붉다.

다들 떠나고 20호가 남았다. 서종원씨는 이 마을의 맹인이다. 다섯 살 때 시력을 잃었다. 맹인은 마을을 떠날 수도 없다. 강아지 한 마리를 데리고 해 질 무렵의 붉은 물가를 더듬거린다. 그는 이 아름다운 마을이 "어떻게 생긴 줄 모른다"라고 한다. 눈뜬 사람들은 자꾸 떠났다.

팔 땅이 없는 사람은 마을을 떠나지 않는다. 이 마을 전동석씨도 마을을 떠나지 않았다. 그는 땅이 없어서 남의 땅에서 일해준다. 전동석씨와 맹인은 오랜 친구다. 그들의 생애는 서로 구별하기 어려워 보였다. 그는 맹인 친구를 데리고 마을 어귀까지 바람을 쏘여주고 술도 먹여준다.

미천골의 가을

미천골은 인제에서 태백산맥을 넘어 양양으로 가는 고갯길이다.
가을의 빛들은 태어나서 부서지고 또 태어난다.

아이들이 없어서 분교는 문을 닫았다. 문 닫은 분교의 교훈은 '푸른 내일의 꿈을 키우자'였다. 교훈을 새긴 돌비석은 빈 운동장 한가운데 서 있다. 아이들이 쓰던 책상과 걸상 몇 개가 마을에 흩어졌다. 아이들 엉덩이에 반들반들 닳아서 아직도 윤이 난다. 사람들이 떠난 자리에 돈 많은 외지인이 굴착기를 끌고 와서 외국풍 별장을 짓고 있다. 맹인은 한나절씩 이 공사장 앞에 쭈그리고 앉아서 구경하지만 어떤 모양의 집이 들어서는지는 알지 못한다.

이 마을 농부 김순갑씨에게는 몸으로 문질러서 지켜낸 희망이라고 할 만한 것이 아직도 남아 있다. 양양에서 중학교를 마친 그는 목수일을 배웠다. 젊었을 때, 도회지에서 살아보려고 고향을 떠났다. 경기도 성남에 가서 이른바 '딱지1960년대의 철거민 입주권'를 사서 집을 장만했다. 그 시절의 성남은 끔찍한 곳이었다. 민란에 가까운 폭동이 일어났다. 그는 다 버리고 다시 고향으로 내려왔다. 아내와 둘이서 2,000평 밭을 갈아서 연 이천삼백만원의 소득을 올린다. "나는 그래도 고향에서 기반을 잡았다"라고 그는 말했다. 3년은 감자를 심고 1년은 약초를 심는다. 약초를 심는 해에는 수입이 늘지만 약초는 땅심을 너무 빨아내서 매년 심지 못한다.

올해는 당귀를 심어서 거두어놓고 말리는 중이다. 그는 노는 햇볕을 아까워했다. 도회지 도매상들이 몰려와서 이리저리 트집을 잡아 한 근에 팔백원을 주겠다고 해서 팔지 않았다. 잘 말려서 내년 봄에 더 받아야겠는데, 상인들이 값을 제대로 쳐줄지 모르겠다고 그는 걱정했다. “작물을 보고 농사를 지어야 할 텐데 상인들을 보고 농사를 짓는 판이다”라고 그는 말했다. 이 마을 어린이는 그가 키우고 있는 손자 두 명이 전부다.

면옥치는 산맥 속에 박힌 별처럼 아름다웠다. 그리고 그 아름다움은 꺼질 듯이 위태로워 보였다. 산골마을의 밤은 이르고, 맹인이 지팡이를 더듬거려 집으로 돌아갈 무렵에 떠나지 않은 사람들의 흐릿한 등불 몇 개가 피어났다.

복된 마을의 매 맞는 소

소백산 의풍마을

숯불에 갈비 구워 먹는 '가든'과 낮이고 밤이고 러브하는 '파크'가 온 국토의 산자수명한 명승 처처에 창궐하였다. 요즘에는 산봉우리마다, 툭 터진 들판마다, 마을 어귀마다 이동통신회사의 기지국 안테나들이 들어섰다. 패사디나 우주선 발사기지의 축소 모형처럼 생겼다.

이제 가든과 파크와 기지국은 이 국토의 가장 압도적인 풍경이다. 어느 마을, 어느 골짜기, 어느 국도 연변에서나 이 3자는 단연코 우뚝하고 단연코 두드러진다. 먹고, 마시고, 러브하고, 전화통에 대고 수다떠는 풍경인 것이다. 하기야 전화통이 있어야 불러모아서 먹을 수도 있고, 불러내서 러브도 할 수 있을 테고, 또 러브 전후에는 잘 먹어두는 것이 좋을 테니까 이 3자는 공존공영 관계다. 속세의 길을 저어가는 자전거는 이 누린내 나는 인간의 풍경을 미워하지 않는다. 다만 피해갈 뿐이다.

경북 영주군 부석면 부석사 절 마당에서 출발하는 자전거는 마구령894미터 옛길을 따라서 소백산을 넘을 작정이다. 소백산을 넘어가면 주막거리 옛 마을이다. 옛길은 여기서 다시 세 갈래로 나뉜다. 산을 내려온 방향으로 계속 가면 강원 영월이고, 오른쪽으로 가면 경북 봉화이고, 왼쪽으로 가면 충북 영춘이다. 강원·충북·경북 3도의 접경은 주막거리에서 만나고, 그래서 주막거리 마을의 앞산 이름은 삼도봉三道峰인데, 삼도봉 꼭대기에 소를 매어놓으면 이 소는 3도의 풀을 다 뜯어먹는다.

자전거는 주막거리에서 왼쪽으로 방향을 꺾어서 의풍으로 간다. 여기는 소백산과 태백산 사이에 끼인 이른바 양백지간兩白之間으로 『정감록』이나 『남사고南師考』 같은 비결서에 이르기를 세상의 환란과 핍박을 피할 수 있는 오목하고 포근한 땅인데, 노루목·어은·용담·중마·송내·텃골·솔개실·샛터·솔밑·와골·어둔이 같은 마을이 그곳이다.

여기는 삼무三無의 땅이다. 가든이 없고, 파크가 없고, 기지국이 없다. 『정감록』은 바로 이 삼무의 축복을 예언했던 것이 아닌가 싶다. 『정감록』에 따르면 환란은 세상으로부터 온다. 자연과 인간의 직접성을 훼손하는 모든 인위적 장치와 제도가 재앙이며 환란인데, 인간은 이 사나운 세상이 쫓아올 수 없는 오목한 땅에 터를 잡고 깊이 숨어서 생명의 위엄과 생명의 자연성을 보존해야 하며, 이 은둔과 보존이

경북 남대리의 주막거리

부석사 뒤쪽으로 마구령을 따라서 소백산맥을 넘어가면 첫번째 마을이 남대리이다.
이 이정표 앞에서 경북, 강원, 충북 쪽으로 길은 세 갈래로 갈라진다. 주막은 문을 닫았고,
이 산을 넘어 우편물을 전하던 늙은 배달부는 세상을 떠났다.

야말로 저 사나운 세상을 향하여 최후의 총반격을 감행할 후방 기지인 것이다. 『정감록』에 따르면 그러하다. 배운 사람들아, 『정감록』을 웃지 마라. 『자본론』이 무너지고 레닌의 목이 잘려서 세기의 땅바닥에 나뒹군다고 해서 평등의 열망이 소멸된 것이 아니고, 정진인鄭眞人이 끝끝내 인간의 세상에 강림하지 않는다 해도 생명을 온전히 간직하려는 인간의 열망은 오히려 새롭다.

부석사를 떠나서 마구령 어귀에 들어섰을 때 소백산맥에는 눈발이 날렸다. 눈발 속에 풀린 겨울 산맥은 신기루처럼 몽롱했고 무서웠다. 자전거는 여기서부터 인기척 없는 기나긴 오르막으로 산맥을 넘어야 한다. 오토바이를 타고 가는 우체국 집배원이 하루에 두 번씩 이 고개를 넘는다.

흐린 날의 겨울 산맥은 멀어서 존엄해 보였다. 거기에 비는 심정으로 기어를 풀어내렸다. 1단으로 겨우겨우 저어서 나아갈 때, 이윽고 몸이 길에 붙기 시작했다. 몸은 비록 겨우겨우 나아갔으나, 길에 붙은 몸은 겨울 산맥이 무섭지 않았다. 몸을 길에 갈아서 산을 오를 때, 겨울 산맥은 낮고 또 낮게 파고드는 인간의 몸을 허락해주었다.

몸속으로 흘러들어오는 산맥은 크고 포근하였다. 산봉우리에서 더 먼 산봉우리를 바라보면 거기에 이미 봄이 와 있음을 알 수 있다. 잎 진 숲과 마른 나뭇가지 사이사이에 신생의 희뿌연 기운은 서려 있다. 봄은 이 산에 찾아오는 것이 아니고 이 산을 떠나는 것도 아니었다. 봄은 늘 거기에 머물러 있는데, 다만 지금은 겨울일 뿐이다.

주막거리에서 의풍에 이르는 물가마을은 『정감록』 속 예언의 땅이다. 세상의 환란을 피하려는 사람들이 이 물가로 몰려들었다. 6·25전쟁 때까지도 그랬다. 더러는 떠났고 더러는 남아 있다. 이 예언의 땅에는 소를 몰아 밭을 가는 전통적 농업 방식이 아직도 남아 있다. 신석기 초기에 정착된 농업 방식이다. 산비탈 고추밭이나 콩밭에 경운기나 트랙터를 들이댈 수 없으므로 소가 아니면 될 일이 아니다. 지금 의풍마을의 어린 소들은 겨우내 매를 맞아가면서 밭갈이 일을 공부하고 있다. 금년 가을에 늙고 경험 많은 소를 팔아치운 농민들은 아직 고생이 뭔지 모르는 2살, 3살짜리 어린 소들을 추수가 끝난 빈 밭에 끌고 나와 일 공부를 가르치는데, 쉽지가 않다.

이 마을 노병만씨네 3살짜리 소는 도통 말귀를 알아듣지 못해서 직진인지 좌회전인지 우회전인지 유턴인지를 구분하지 못하는 천둥벌거숭이다. 고랑을 따라 똑바로 걸을 줄도 모르고, 쟁기를 끌고 오는 주인의 보폭에 걸음을 맞출 줄도 모르고 옆 고랑을 밟아 뭉개지 않고 사뿐히 유턴할 줄도 모른다. '와와' '이랴이랴'도 못 알아듣는다.

일 배우다 말고 자꾸만 군입질을 하려고 한눈을 팔아서 주둥이에 멍을 씌웠다. 때려주면 대가리를 내두르며 반항하고, 더 때려주면 아예 팽개치고 집 쪽으로 걸어간다. 일 공부를 하면서도 시선은 늘 집 쪽을 향해 있다. 노씨는 이놈을 겨우내 가르쳐서 말귀를 뚫어놓아야 내년 농사를 할 수 있다. 2살 때 가르쳐야 했는데 그때 새끼를 배서 1년을 봐주었더니 이제 대가리가 커버려서 말을 더 안 듣는다는 것이

의풍마을의 매 맞는 소

밭일을 처음 배우는 이 소는 주인의 말을 듣지 않는다.
대가리를 내두르고 뒷발을 엉버티며 주인의 고삐를 따라오지 않는다.
이 소는 빈 밭에서 일을 배우며 겨우내 매를 맞아야 한다.

다. 소도 머리 좋고 성질 좋은 놈이 따로 있는데, 이놈은 워낙 돌대가리여서 어제 가르쳐준 것도 하루 지나면 다 까먹는다고 노씨는 제 집 소를 흉본다.

의풍마을의 소들은 대개 25년을 일한다. 어린 소들은 이 기나긴 필생의 숙업을 예비수업받고 있었다. 노씨는 이 한심한 놈을 데리고 내년 봄에 2,000평을 갈아야 한다. 매 맞는 소가 불쌍한지 때리는 인간이 더 가엾은지, 의풍에서는 분간하기 어려웠다. 때리고 맞는 것이 다 한가지로 보였다.

어느 쪽이 때리고 어느 쪽이 맞는 것이 아니다. 양쪽 모두 자신의 운명을 실천하고 있었다. 이것이 『정감록』의 축복이었을까. 그러니 세상에 복지福地란 없는 모양이다. 밭두렁에 자전거를 세워놓고 오랫동안 소를 들여다보았다. "이놈이 좀더 맞아야 안 맞고도 일할 수 있게 된다"라고 노씨는 말했다. 그는 활짝 웃고 있었다.

노루목 김삿갓 옛집

의풍리충북 단양군 영춘면에서 노루목까지는 산길을 자전거로 천천히 저어서 40분 거리다. 여기는 강원도 영월 땅이다. 이 깊은 산속에 김삿갓金炳淵, 1807~1863의 옛집이 있다. 이 집은 1972년까지 무너진 안채가 남아 있었고 바깥채는 온전해서 사람이 살고 있었다.

그는 20세 무렵에 방랑길에 올랐다. 산천의 아름다움이 그를 떠돌게 한 것이 아니라 인간사의 더러움이 그를 떠돌게 했다. 그의 조부

김익순金益淳은 선천부사였는데 홍경래에게 투항했다.

그는 '역적 김익순의 죄를 하늘에 사무치게 통탄하는 글'로 장원급제했다. 어렸을 때 멸족을 피해서 노루목에 숨어서 자란 그는 조부가 누구인지 몰랐다. 그의 운명은 충과 효를 모두 버릴 수밖에 없었다.

김삿갓은 충도 아니고 효도 아닌 길을 찾아서 이미 돌이킬 수 없이 무너져버린 시대의 벌판을 떠돌았다. 그리고 그는 그 길을 찾지 못한다. 「입금강入金剛」은 그가 금강산으로 들어가면서 쓴 시다. 이 시는 무섭고도 단호한 세상 버림의 노래다.

> 글 읽어 백발이요, 칼에도 날 저무니書爲白髮劍斜陽
> 하늘 땅 그지없는 한 가닥 한은 길어天地無窮一恨長
> 장안사의 술 한 말 기어이 다 마시곤痛飮長安酒一斗
> 갈바람에 삿갓 쓰고 금강으로 드노라秋風蓑笠入金剛

충·효가 인간에게 무의미하듯이, 글과 칼도 다 필요없는 것이다. 이 무의미한 세상에서 천지에 사무치는 한만이 깊다. '금강으로 드노라'의 '들 입入'자 한 개로 그 무궁한 원한과 단호한 작별을 통합하고 있다.

소백산 너머 부석사 안양루에도 그의 시 한 편이 걸려 있다. 그는 백발이 다 되어서 고향 가까운 부석사까지 왔지만 마구령 너머 고향 집에는 가지 않았다. 그는 전라도 동복同福 땅에서 행려병자의 모습으로 죽었다. 한평생 길로 떠돌던 그는 길바닥에서 죽음으로써 길 없는 세상에서의 생애를 완성했다. 그의 시신은 아들의 등에 업혀 마구령을 넘어서 살던 터로 돌아와 묻혔다. 여기도 그의 고향은 아니다. 그의 생애를 떠올릴 때 노루목에 이르는 자전거 길은 한없이 멀어 보였다.

가까운 숲이 신성하다

안면도

'숲'이라고 모국어로 발음하면 입안에서 맑고 서늘한 바람이 인다. 자음 'ㅅ'의 날카로움과 'ㅍ'의 서늘함이 목젖의 안쪽을 통과해나오는 'ㅜ' 모음의 깊이와 부딪쳐서 일어나는 마음의 바람이다. 'ㅅ'과 'ㅍ'은 바람의 잠재태이다. 이것이 모음에 실리면 숲 속에서는 바람이 일어나는데, 이때 'ㅅ'의 날카로움은 부드러워지고 'ㅍ'의 서늘함은 'ㅜ' 모음 쪽으로 끌리면서 깊은 울림을 울린다.

그래서 '숲'은 늘 맑고 깊다. 숲 속에 이는 바람은 모국어 'ㅜ' 모음의 바람이다. 그 바람은 'ㅜ' 모음의 울림처럼, 사람 몸과 마음의 깊은 안쪽을 깨우고 또 재운다. '숲'은 글자 모양도 숲처럼 생겨서, 글자만 들여다보아도 숲 속에 온 것 같다. 숲은 산이나 강이나 바다보다도 훨씬 더 사람 쪽으로 가깝다. 숲은 마을의 일부라야 마땅하고, 뒷담 너머가 숲이라야 마땅하다.

서울의 종묘 숲이나 경주의 계림, 반월성의 숲은 신성한 숲이다. 그 숲들은 역사의 정통성과 시원始原의 순결을 옹위하고 있다. 피고 또 지는 왕조들은 썩어서 무너져갔어도, 봄마다 새잎으로 피어나는 그 무너진 왕조들의 숲 속에서 삶은 여전히 경건하고 순결한 것이어서 종묘의 숲과 계림의 숲은 그 숲에 가해진 정치적 치욕에 물들지 않는다. 그 숲은 깊은 산속 무인지경의 숲이 아니라, 사람 사는 동네와 잇닿은 마을의 숲이다. 울창한 숲이 신성한 숲이 아니고, 헐벗은 숲이 남루한 숲이 아니다.

이 세상의 어떠한 숲도 초라하지 않다. 숲은 그 나무 사이사이에서 새롭게 태어나는 낯선 시간들의 순결로 신성하고, 현실을 부술 수 있는 새로운 삶의 가능성으로 불온하다. 유림儒林의 숲은 불온하고, 유가적 가치와 질서로부터 소외되어 숲으로 모여든 무리로서의 산림山林은 더욱 불온하고, 소외된 무장 집단으로서의 녹림綠林의 불온은 이미 작동하는 불온이다. 가장 늙은 숲이 가장 새로운 숲이다. 숲의 힘은 오래된 것들을 새롭게 살려내는 것이어서, 숲 속에서 시간은 낡지 않고 시간은 병들지 않는다.

이 새로움이 숲의 평화일 터인데, 숲은 안식과 혁명을 모두 끌어안는 그 고요함으로서 신성하다. 시간을 소생시키는 숲의 새로움은 퇴계와 로빈 후드를 동시에 길러내고도 사람 지나간 자취를 남기지 않는다. 물리적 자연은 근본적으로 몰가치하다. 물리적 자연이 그 안에

윤리적 가치를 내포한다고 말할 근거는 없다. 그것은 영원한 인과법칙의 적용을 받는 자연과학의 자리일 뿐이다. 이 무정한 자연이 인간을 위로하고 시간을 쇄신시켜주는 것은 삶의 신비다. 사람의 언어가 숲의 작동원리를 설명할 수는 없지만, 아마도 숲이 사람을 새롭게 해줄 수 있는 까닭은 숲에 가지 않더라도 사람들의 마음속에서 이미 숲이 숨쉬고 있기 때문일 것이다.

안면도는 태안반도의 남쪽으로 길게 뻗은 섬이다. 안면교를 건너서 섬으로 들어온 자전거는 섬의 한가운데를 통과하는 649번 지방도로를 따라서 섬의 남쪽 끝인 고남리 젓개 포구로 간다.

안면교를 넘어서면 창기리, 정당리, 승언리, 중장리 마을의 산과 들에 소나무숲이 펼쳐진다. 소나무숲을 만나면 자전거는 포장도로를 버리고 숲길로 들어선다. 안면도의 소나무숲은 마을의 숲이다. 대문 밖이 숲이고, 밭이 끝나는 곳이 숲이고, 울타리 너머가 숲이다. 숲의 신성은 멀고 우뚝한 것이 아니라 가깝고 친밀해서 사람의 숨결을 따라 몸속으로 스미는 것임을 안면도 소나무숲 속에서는 알겠다. 안면도 소나무숲 속에서는 50년에서 90년 된, 혈통 좋은 소나무들이 우뚝우뚝하고 듬성듬성하게 들어서 있다.

추사秋史는 〈세한도歲寒圖〉 발문에서 "겨울이 깊어진 후에야 소나무, 잣나무의 우뚝함을 안다"라는 공자의 말을 인용했지만, 이것은 사실 소나무에게 좀 심한 말인 듯싶다.

그 말은 소나무의 우뚝함에 바쳐진 말이 아니라 그 말을 하는 사람

안면도 안면암 앞 갯벌

물이 빠지면 섬까지 가는 길이 열린다.
이 길은 나무징검다리다. 소통의 흔적들은 아름다워 보였다.
물이 차오르면 징검다리는 잠기지만, 그 물 밑에 다리는 있다.

의 내면의 가파름에 바쳐진 말처럼 들린다. 그래서 〈세한도〉 속의 나무는 소나무도 잣나무도 아니고, 그 그림을 그린 사람의 마음의 나무일 뿐이다. 그 나무는 가파른 이념의 힘으로 이 세계와의 불화를 뚫고 솟아오르는 정신의 나무다. 그 나무는 우뚝한 높이만큼 불우하다.

봄의 안면도에서는 겨울을 다 지난 후에도 소나무의 아름다움을 알 수 있다. 곧고, 높고, 힘센 나무들이 자존自尊의 거리를 정확히 유지하면서 숲을 이루어, 나무들의 개별성은 숲의 전체성 속에 파묻히지 않는다. 안면도의 소나무들은 붉고 곧은 줄기를 높이 올려가다가 맨 꼭대기에서만 가지가 퍼지고 잎이 돋는다. 아무 데서나 가지를 뻗어 늘어뜨리지 않는다.

그 소나무들은 음풍농월의 충동과는 거리가 멀다. 소나무들은 경건하고도 단정하다. 안면도의 소나무들은 밑동의 껍질은 검고 두껍지만, 사람의 키를 넘는 높이부터는 껍질이 얇아져서 종이 한 장을 바른 정도이고, 거기서부터 나무의 붉은색이 드러난다. 이 붉은색은 빛을 내뿜는 색이 아니라 빛을 나무의 안쪽으로 끌어들여 숨기려는 붉은색이다. 그래서 안면도 소나무숲 속에서는 앞을 바라보면 붉은 숲이고, 위를 쳐다보면 푸른 숲이다.

봄의 소나무숲은 다른 활엽수림의 신록처럼 화사하지도 않고, 들떠 있지도 않다. 봄의 소나무숲은 겨울을 견뎌낸 그 완강한 푸르름으로 진중하고도 깊다. 안면도의 소나무들에게는 안면송安眠松이라는 고유명사가 있다.

이 소나무들은 〈세한도〉 속의 소나무처럼 이념화한 불우의 그림자가 없고, 경주 남산 선덕여왕릉 주변의 구불구불한 소나무들처럼 의고풍擬古風의 비극성이 없고, 산전수전의 귀기가 없다. 나무 꼭대기에 퍼진 잎들은 멀리서 보면 가지를 떠나서 날아갈 듯한 구름 조각으로 떠 있다. 안면도의 소나무들은 과도한 풍류와 과도한 표정을 안으로 다스려가면서, 높고 곧고 푸르다.

안면도에서는 하루 종일 자전거를 타고 달려도 이처럼 잘생긴 소나무숲이다. 안면도를 떠날 때 비가 내려, 젖은 숲은 젖은 향기를 품어냈다. 숲의 신성은 마을 가까이에 있고, 사람의 마음속에 있다. 오대산의 전나무숲과 가리왕산의 단풍나무숲과 점봉산의 자작나무숲들도 일제히 깨어나고 있을 것이었다.

중국서 흘러온 한 알의 씨앗

안면도에는 소나무숲만 있는 것이 아니다. 승언리 방포 해수욕장으로 내려가는 길가에는 모감주나무숲도 있다. 모감주나무는 백일홍 고목처럼 신기神氣가 어린 듯 구불구불 뻗어나가고, 밑동과 줄기는 발가벗은 듯이 매끄럽게 윤이 난다. 이 희귀한 나무는 천연기념물 대접을 받고 있다. 절에서는 이 나무를 귀하게 여겨서 그 열매로 염주를 만든다. 모감주나무는 원래 중국 산동 반도에서만 자라는 나무다. 그 씨앗 하나가 바닷물에 실려 안면도 바닷가로 흘러와 이 숲을 이루게 된 것으로 식물학자들은 보고 있다. 산둥 반도의 모감주나무는 곧게 자라

나는데, 안면도 해안가의 모감주나무는 구불구불하게 퍼진다. 키도 2미터 정도를 넘지 않는다. 안면도 모감주나무의 이같은 생태는 해풍에 견디기 위한 변이일 것으로 학자들은 설명하고 있다. 씨앗 한 개의 해안 표착漂着은 무서운 인연이다. 그 인연은 종교적인 느낌을 준다. 신라 진흥왕 20년서기559년에 인도를 떠난 배 한 척이 인연 있는 땅을 찾아서 수많은 나라의 해안을 표류하다가 신라의 울주 앞바다에 표착했다.

이 배에는 불탑과 불상을 세울 만한 금은보화가 가득 실려 있었다. 이 인연이 황룡사 장육존상이며 동축사東竺寺이다.(『삼국유사』) 바닷물에 떠돌던 씨앗 한 개가 인연 있는 안면도 해안에서 거대한 숲을 이루었다. 그 씨앗은 서기559년에 울주 앞바다로 밀려온 인도의 배를 생각나게 한다. 『종의 기원』에 따르면 철새의 발바닥에 붙은 씨앗 한 개가 대륙을 건너가 새로운 숲을 이루기도 한다. 안면도 모감주나무숲은 지금 새의 붉은 혀와 같은 새싹을 내밀고 있다. 씨앗 한 개 속의 숲은 머지않아 푸른 잎으로 덮여서 어둡고 서늘할 것이다.

숲의 표정

여름의 숲은 어둑신하고 서늘하다. 숲 속에서, 빛은 사람을 찌를 듯이 달려들지 않는다. 나뭇잎 사이로 걸러지는 빛은 세상을 온통 드러내는 폭로의 힘을 버리고 유순하게도 대기 속으로 스민다. 숲 속에서, 빛은 밝음과 어둠의 구획을 쓰다듬어서 녹여버린다. 그래서 숲 속의 키 큰 나무들은 그림자도 없이 우뚝우뚝 홀로 서 있다. 스며서 쓰다듬는 빛이 나무와 나무 사이에 가득 내려쌓여 숲은 서늘한 음영에 잠긴다.

숲 속으로 걸어 들어가면, 숲의 빛은 물러서듯이 멀어지고, 멀어지면서 또 깊어져서 사람들은 더 먼 빛 속으로 자꾸만 빨려들어간다. 나무와 나무 사이의 거리는 멀지도 가깝지도 않다. 키 큰 나무들은 알맞은 거리로 뚝뚝 떨어져서 서 있다. 식물사회학 책을 보니까, 나무들도 살기 다툼의 결과로서 개체간 거리를 유지하는 것이라고 쓰여 있는데, 키 큰 나무들 사이의 거리는 오히려 다툼이 아니라 평화의 모습으로 서늘하다. 키 큰 나무들은 저마다 개별적 존재의 존엄으로 우뚝하고 듬성듬성하다.

비가 내리고 바람이 부는 날, 숲의 온갖 나무들은 함께 젖고 함께 흔들리지만, 비가 멎고 바람이 잠든 아침에 숲을 찾으면 젖은 나무들은 저마다 비린 향기를 뿜어내고, 잎 사이로 흔들리는 아침 햇살 속에서 나무들은 다들 혼자서 높다. 나무들은 뚝뚝 떨어져서 자리잡고, 그렇게 떨어진 자리에서 높아지는데, 이 존엄하고 싱그러운 개별성을 다 합쳐가면서 숲은 저절로 이루어진다.

숲을 문화의 테두리 안에서 해석하려는 말들이 점차 활기를 띠고 있다. 책도 여럿 나왔고 숲이 좋아서 숲으로 가는 사람들의 모임도 생겼다. 숲을 문화적으로 해석하는 사유는 결국 숲과 인간과의 관계를 성찰하는 일이 될 터인데, '숲의 문화론'은 숲이 문화가 아니라 자연이라는 전제에서만 가능할 것이다.

숲은 가까워야 한다. 숲은 가까운 숲을 으뜸으로 친다. 노르웨이의 숲이나 로키 산맥의 숲보다도 사람들의 마을 한복판에 들어선 정발산경기도 고양시 일산동 · 내가 사는 동네의 숲이 더 값지다. 숲은 가깝고 만만하지만, 숲이 사람을 위로할 수 있게 되는 까닭은 그곳이 여전히 문화의 영역이 아니라 자연이기 때문이다.

숲의 시간은 헐겁고 느슨하다. 숲의 시간은 퇴적의 앙금을 남기지 않는다. 숲의 시간은 흐르고 쌓여서 역사를 이루지 않는다. 숲의 시간은 흘러가고 또 흘러오는 소멸과 신생의 순환으로서 새롭고 싱싱하다. 숲의 시간은 언제나 갓 태어난 풋것의 시간이다.

사진작가 강운구가 새로 펴낸 책 『사진과 함께 읽는 삼국유사』는 오래되어서 새로운 숲의 빛을 보여준다. 일연一然, 1206~1289의 옛글에 강운구의 요즘 사진을 합친 책이다. 지나간 역사의 무덤 위에, 살아있는 현재의 빛이 내리쬐고 있다. 계림의 숲과 포석정의 숲이 다르지 않고 반월성의 숲과 남산의 숲이 다르지 않다. 그리고 김춘추 무덤가의 숲과 계백 무덤가의 숲이 다르지 않다. 옛 무덤들은 오늘의 빛으로 푸르게 빛난다.

7세기 통일전쟁의 살육 들판은 100년이 넘도록 피에 젖어 있어서, 김부식金富軾, 1075~1151의 기록에 따르면, 피가 강을 이루어 방패들이 피에 떠내려갔다. 이 살육의 산하에 뼈를 갈면서, 김춘추와 계백은 그들의 승패와 관련 없이 얼마나 상처받고 고단한 사내들이었으랴. 이 피에 젖은 사내들의 삶은 역사를 이루었고, 그들 무덤가의 숲은 역사를 이루지 않았지만, 지금 저 남쪽의 숲 속에서는 역사가 아닌 것이 역사인 것을 위로하고 있다. 무덤들은 성긴 숲 속에 안겨서 다만 숲의 일부로 귀순하고 있고, 숲은 무덤들의 정치적 갈등을 이미 다 사면해주었다. 사람이 숲을 사람 쪽으로 끌어당기려 할 때 숲은 사람을 숲 쪽으로 끌어당기는 것인데, 이 밀고 당기기 속에 위안은 있다.

1996년 봄의 고성 산불은 무서웠다. 산꼭대기에서 발화한 불은 산맥을 넘어가는 바람을 올라타고 바다 쪽으로 내려갔다. 그때 불에 타서 죽어버린 숲은 이제 겨우겨우, 그러나 기어이 다시 살아나고 있다. 사람들이 나무를 옮겨심지 않아도 땅속에 숨어서 죽지 않은 움이 솟아오르고, 바람이나 새똥에 실려온 풀씨들이 뿌리를 박고 싹을 틔웠다. 풀뿌리들이 자리를 잡자 빗물에 씻기는 모래가 덜 흘러내리게 되었고, 머지않아 키 큰 나무들이 저절로 들어서게 될 것이다. 죽었던 숲은 자신을 치유하는 재활의 힘으로 새로운 살림을 예비하기 시작했다. 불에 타 죽은 나무들은 바람 부는 방향으로 모조리 쓰러져 시커멓게 썩어가고 있다. 개미떼만 들끓는 이 과거의 숲 속에서도 미래의 키 큰 나무들은 듬성듬성하고 우뚝우뚝할 것이다. 숲은 의사도 없이 저절로 굴러가는 재활병원이고, 사람들은 이 병원의 영원한 환자인 셈이다.

여름휴가의 풍경은 피난 행렬과도 같다. 남부여대해서 어린아이 손을 잡고 젖병 물병 얼음통을 챙겨서 가고 또 간다. 생활을 좀 밀쳐내

원주 치악산

봄의 숲은 비리다.
이 비린내는 먼 냄새인지 가까운 냄새인지 구분하기 어렵다.
이 비린내는 나무의 관능이다.

기란 이처럼 어렵다. 지금 오대산의 전나무숲이나 치악산의 소나무숲, 담양의 대나무숲은 얼마나 깊고 푸르고 그윽할 것인가. 너무 멀고 또 길이 막히니 갈 수 없기가 십상이다. 산다는 일의 상처는 개별성의 훼손에서 온다. 삶은 인간을 완벽하게도 장악해서 여백을 허용치 않는다. 멀고 깊은 숲에 갈 수 없다면, 우리 마을 정발산 숲 속으로 가자. 숲은 마을 숲이 가장 아름답다. 거기서 삶과 인간들을 조금 밀쳐내고 키 큰 나무처럼 듬성듬성 우뚝우뚝 서서 숨을 좀 쉬어보자. 정발산에는 키 큰 나무가 많다.

산을 오르는 사람들

지금, 5월의 산들은 새로운 시간의 관능으로 빛난다. 봄 산의 연두색 바다에서 피어오르는 수목의 비린내는 신생의 설렘으로 인간의 넋을 흔들어 깨운다. 봄의 산은 새롭고 또 날마다 더욱 새로워서, 지나간 시간의 산이 아니다. 봄날, 모든 산은 사람들이 처음 보는 산이고 경험되지 않은 산이다. 그리고 이 말은 수사가 아니라 과학이다.

휴일의 서울 북한산이나 관악산은 사람의 산이고 사람의 골짜기다. 봉우리고 능선이고 계곡이고 간에 산 전체가 출근길의 만원 지하철 안과 같다. 평일 아침저녁으로 땅 밑 열차 속에서 비벼지던 몸이 휴일이면 산에서 비벼진다. 휴일의 북한산에서는 사람이 없는 코스를 으뜸으로 치고, 점심 먹을 자리를 찾을 때도 사람 없는 곳을 명당으로 여긴다. 사람들이 다들 저도 사람이면서 한사코 사람 없는 자리를 다

투다가, 사람 없다는 코스로 너도나도 몰려들어 결국은 인산인해를 이루니 가엾은 일이다. 이래저래 비벼지게 마련이다.

산은 적막하지 않으면 산이 아니다. 산의 아름다움은 오직 적막을 바탕으로 해서만 말하여질 수 있다. 서울의 산은 적막하지 않다. 서울의 산은 도심과 가깝고, 일상과 잇닿아 있다. 노적봉이나 만경봉 꼭대기에는 어린이들도 올라와서 논다. 휴일의 산이 군중으로 뒤덮이는 인산人山이라 하더라도 산에는 여전히 적막과 일탈의 유혹이 있다. 삶이 고단하고 세상이 더럽고 마음속에서 먼지가 날릴수록 산의 유혹은 더욱 절박하다. 그 유혹은 흔히 하산길에 깨어져버리는 몽환이기도 하지만, 새로운 삶에 대한 유혹이 없다면 누가 비지땀을 흘리며 이만원 지하철 속 같은 인산을 오르겠는가. 똑같은 등산화와 등산모 차림의 군중 틈에 끼어앉아 마른 김밥을 씹으면서도 우리는 저 빛나는 백운대, 만경봉, 인수봉, 노적봉, 원효봉, 의상봉 들과 독대獨對할 수 있다.

라인홀트 메스너는 유럽 알피니즘의 거장이다. 그는 히말라야에 몸을 갈아서 없는 길을 헤치고 나갔다. 그는 늘 혼자서 갔다. 낭가파르바트의 8,000미터 연봉들을 그는 대원 없이 혼자서 넘었다. 홀로 떠나기 전날 밤, 그는 호텔 방에서 장비를 점검하면서 울었다. 그는 무서워서 울었다. 그의 두려움은 추락이나 실종에 대한 두려움은 아니었다. 그것은 인간이 인간이기 때문에 짊어져야 하는 외로움이었다. 그 외로움에 슬픔이 섞여 있는 한 그는 산속 어디에선가 죽을 것이었다. 길은 어디에도 없다. 앞쪽으로는 진로가 없고 뒤쪽으로는 퇴로가 없다. 길은 다만 밀고 나가는 그 순간에만 있을 뿐이다. 그는 산으로 가는 단독자의 내면을 완성한다. 그는 외로움에서 슬픔을 제거한다. 그는 자신의 내면에 외로움의 크고 어두운 산맥을 키워나가는 힘으로 히말라야를 혼자서 넘어가고 낭가파르바트 북벽의 일몰을 혼자서 바라본다. 그는 자신과 싸워서 이겨낸 만큼만 나아갈 수 있었고, 이길 수 없을 때는 울면서 철수했다.

퇴계는 평생을 산이 가까운 고향마을에서 살았다. 산 가까이 살기 위하여 그는 무려 40여 차례나 임금에게 사직서를 보냈다. 퇴계는 안동의 청량산을 즐겨 찾았고 멀리 갈 때는 풍기의 소백산까지 다녔다. 제자들을 데리고 다니며 산수의 의미를 가르쳤는데 한 번 산행에 며칠씩 걸렸다. 퇴계는 도피와 일탈로서의 산행을 나무랐다. 산속에서 '청학동'을 묻는 자들의 몽환을 퇴계는 꾸짖었다. 산에 가서 '안개와 노을을 마시고 햇빛을 먹으려는 자들'을 퇴계는 가까이하지 않았다. 산에 속아넘어가서 결국 자신을 속이게 되는 인간들을 퇴계는 가엾게 여겼다. '스스로를 속이지 않겠다'라는 것이 산에 처하는 퇴계의 마음이다. 산이 인간의 마음을 정화시키고 그 정화된 마음으로 다시 현실을 정화시킬 수 있을 때 산은 아름답다. 산에 관한 퇴계의 글들은 그렇게 말하고 있는 것 같다. 퇴계의 산은 이 세상의 한복판에서 구현되어야 할 조화의 산이다.

우리는 메스너의 길을 따라서 산에 오를 수도 없고 한산자나 도가의 길을 따라서 산에 오를 수도 없다. 메스너를 따라가자니 외로움과 싸울 일이 두렵고, 한산자를 따라가자니 몽환의 열정이 모자라기도 하지만, 우선 생활이 발목을 잡는다. 아마도 우리는 퇴계의 멀고 먼 뒤를 따라서 겨우 산에 오를 수 있을 터이다.

퇴계의 산행은, 돌아서서 산과 함께, 산을 데리고 마을로 내려오기 위한 산행이고 인간의 마을을 새롭게 하기 위한 산행이다. 마음속으로 산을 품고 내려오려 해도 산은 좀처럼 따라오지 않는다. 휴일의 날이 저물고 사람들 틈에 섞여 산을 내려올 때, 성인은 벌써 산을 다 내려가서 마을에 계신다. 천하에 무릉도원은 없다.

다시 숲에 대하여

전라남도 구례

19번 국도는 전남 구례에서 경남 하동 포구까지 섬진강을 동쪽으로 따라 내려간다. 강 건너편에서 강을 따라 쫓아오는 길이 861번 지방도로다. 강을 따라 출렁거리며 바다 쪽으로 흘러내려오는 지리산의 연봉들은 점점 더 넓게 품을 벌려서 화개나루를 지나면 강의 굽이침은 아득히 커지고, 굽이침의 안쪽으로 넓고 흰 모래톱이 드러난다. 산이 새잎으로 피어나고 강물이 빛나서, 이쪽 길로 가려면 강 건너편 저쪽 길이 아깝다. 이럴 때는 이쪽 길로 강을 따라 내려갔다가 저쪽 길로 강을 거슬러올라오면 된다.

구례에서 출발하는 자전거는 861번 지방도로로 강을 따라 내려가다가, 화개나루에서 나룻배로 강을 건너서 화개동 골짜기와 악양 골짜기로 들어갈 작정이다. 5월의 지리산 언저리와 섬진강가를 자전거로 달릴 때, 억눌림 없는 몸의 기쁨은 너무 심한 것 같기도 하고 살아 있는 몸이란 본래 이래야 하는 것 같기도 하다. 오르막도 내리막도 없는 강가에서는 마구 페달을 밟으려는 허벅지의 충동을 다스려가면서 천천히 나아가야 할 것이다.

다시 숲에 대하여 쓴다. 피아골 계곡의 암자에서 차 한잔 나누어 마신 한 승려는 "온 산에 새잎 돋는 사태 속에 깨달음이 있다. 이것은 분명하다. 그것을 알지만 거기에 가까이 갈 수는 없다. 이것도 분명하다"라고 말했다. 법명을 묻자 그는, 그런 걸 묻지 말고 새잎 돋는 산이나 쳐다보고 가라고 한다. 다른 승려에게 물어보니 그의 법명은 법경法耕이었다. 법경은 많은 책을 쌓아놓고 있는 젊은 승려였다. 그의 서가에는『유물론』도 보였다. 찻잎을 너무 아껴서, 그가 준 차 맛은 차의 먼 흔적처럼 어렴풋이 비렸다. 법경의 성불은 아득해 보였으나, 그가 부처를 이루지 못하더라도, 새잎 돋는 산이나 쳐다보고 앉아 있어도 좋을 것 같았다.

5월의 지리산 숲은 온 천지의 엽록소들이 일제히 기쁨의 함성을 지르듯이 피어난다. 나무들은 제 본래의 색으로 피어나 숲을 이루고 숲들은 제 본래의 색으로 산을 이루어, 수많은 수종樹種의 숲들이 들어찬 지리산은 초록의 모든 종족들을 다 끌어안고서 구름처럼 부풀어 있다.

5월의 지리산 숲은 소나무, 차나무, 편백 같은 상록수의 숲과 새잎이 돋아난 활엽수의 숲으로 대별된다. 상록수 숲은 수종에 따른 색의

미천골 자작나무숲의 가을

자작나무숲의 모든 이파리들은 제가끔 떨린다. 빛나는 숲이다.
잎이 다 떨어진 뒤에는 흰 가지들이 겨우내 빛난다.

차이를 감지하기 어렵다. 소나무도 새 솔잎이 돋아나지만, 소나무의 새잎은 날 때부터 이미 강건한 초록색이어서, 소나무숲은 봄에도 연두의 애잔함이 없다. 전나무의 새잎은 연녹색이지만, 그 기간은 잠깐이고 전나무는 검푸른 녹색으로 봄을 맞는다. 화개 골짜기의 차나무숲이나 선운사 뒷산의 동백나무숲이나 화순군 동복면의 편백나무숲들이 대체로 그러하다. 상록수의 숲은 짙고 깊게 푸르러서, 그 푸르름은 봄빛에 들뜨지 않는다. 상록수 숲의 푸르름은 겨울을 어려워하지 않는 엄정함으로 봄빛에 호들갑을 떨지 않는다. 흰 눈에 덮인 겨울 산에서 상록수 숲의 푸르름은 우뚝하지만, 온 산이 화사한 활엽수들의 신록으로 피어날 때, 연두의 바닷속에 섬처럼 들어앉은 상록수의 숲은 더욱 우뚝하다.

5월의 산에서 가장 자지러지게 기뻐하는 숲은 자작나무숲이다. 하얀 나뭇가지에서 파스텔톤의 연두색 새잎들이 돋아날 때 온 산에 푸른 축복이 넘친다. 자작나무숲은 생명의 기쁨을 주체하지 못하고 작은 바람에도 늘 흔들린다. 자작나무숲이 흔들리는 모습은 잘 웃는 젊은 여자와도 같다. 자작나무 잎들은 겨울이 거의 다 가까이 왔을 때 땅에 떨어지는데, 그 잎들은 태어나서 땅에 떨어질 때까지 잠시도 쉬지 않고 바람에 흔들리면서 반짝인다. 그 이파리들은 이파리 하나하나가 저마다 자기 방식대로 바람을 감지하는 모양이다. 그 이파리들은 사람이 느끼는 바람의 방향과는 무관하게 저마다 개별적으로 흔들리는 것이어서, 숲의 빛은 바다의 물비늘처럼 명멸한다. 사람이 바람을 전혀 느낄 수 없을 때도 그 잎들은 흔들리고 또 흔들린다. 그래서 자작나무숲은 멀리서 보면 빛들이 모여 사는 숲처럼 보인다. 잎을 다 떨군 겨울에 자작나무숲은 흰 기둥만으로 빛난다. 그래서 자작나무숲의 기쁨과 평화는 죽은 자들의 영혼을 불러들일 만하다. 실제로 북방 민족들은 사람이 죽으면 그 영혼이 자작나무숲에 깃드는 것으로 믿고 있다. 자작나무숲으로 간 혼백들은 복도 많다.

은사시나무숲의 신록은 수줍고 또 더디다. 다른 모든 숲들이 연두에서 초록으로 두터워져갈 때, 은사시나무숲은 겨우 깨어난다. 갓 깨어난 은사시나무숲은 희뿌연 연두의 그림자와 같다. 멀리서 보면, 은사시나무숲의 신록은 봄의 산야에 낀 안개처럼 보인다. 이 숲에서는 젖을 토하는 어린 아기의 냄새가 난다. 그 냄새는 나무가 싹을 내밀기 전에, 나무의 안쪽에 감추어져 있던 생명의 비밀을 생각하게 하는데, 그 비밀의 내용이 무엇인지는 알 수가 없다. 은사시나무는 높고 밑동은 굵지 않아서 은사시나무숲은 숲 전체가 바람에 포개지면서 흔들린다. 은사시나무숲의 이파리들은 바람이 방향을 바꿀 때마다 일제히 뒤집히면서 나부껴서, 은사시나무숲은 풍향에 따라서 색이 바뀐다.

오리나무·갈참나무·떡갈나무숲들의 신록은 거칠게 싱싱하다. 그 숲의 이파리들은 아름다움의 정교한 치장으로 세월을 보내지 않고, 여름의 검푸른 초록을 향해 거침없이 나아간다. 이 숲의 이파리들은 억센 사내들의 힘줄 같은 잎맥을 가졌다. 이 숲은 봄의 현란함이 아니라 여름의 무성함 속에서 완성되는, 넓고 힘센 활엽수들의 숲이다. 이 숲에서는 짙은 비린내가 나고 바람이 불 때마다 폭포 소리가 난다.

섬진강을 따라서 남쪽으로 자전거를 달릴 때, 신록의 산들과 여러 빛깔의 숲들이 강물 위에 거꾸로 비쳤다. 성불하지 못한 산속의 젊은 승려는 결국 갈 수 없는 숲을 쳐다보고 있을 것이었다. 숲의 아름다움은 아직은 너무 멀다. 모래톱 물가에서 혼자 사는 왜가리 한 마리가 물음표(?) 모양으로 서서 물에 비친 제 그림자를 들여다보고 있었다.

손톱 크기 조개에서 우러난 맨 밑바닥 기초의 맛

재첩국은 하동 포구를 대표하는 국물이다. 비싸지 않고 요란하지도 않은 음식이 한 지방을 대표하는 경우는 얼마든지 있다. 하동의 재첩국, 안동의 간고등어, 충무의 김밥, 의정부의 부대찌개, 나주의 곰탕 등이다.

하동 재첩국은 순결한 원형의 국물이다. 여기에는 잡것이 전혀 섞여 있지 않다. 이 국물이 갖는 위안의 기능은 봄의 쑥국과 거의 맞먹는다. 이런 국물은 흔치 않다. 재첩은 손톱 크기만한 민물조개다. 재첩국은 이 조개에 소금만 넣고 끓인 국물이다. 다 끓었을 때 부추를 잘게 썰어넣으면 끝이다.

그 맛은 무릇 모든 맛의 맨 밑바닥 기초의 맛이다. 맺히고 끊기는 데가 전혀 없이 풀어진 맛이다. 부추가 그 풀어진 맛에 긴장을 준다. 오장을 부드럽게 하고 기갈을 달래준다. 옛 의학서에는 재첩이 삶에 기진맥진한 사람들의 식은땀을 멈추게 해준다고 적혀 있다. 부추가

뽀얀 국물에 우러나서 그 국물의 빛깔은 새벽의 푸른 안개와도 같다.

재첩은 민물과 바닷물이 만나는 강 하구 모래 속에서 산다. 재첩은 가장 작은 조개다. 강바닥을 깊이 긁어야 잡을 수 있다. 재첩은 봄부터 잡기 시작한다. 하동 포구 주민들은 4월 하순부터 재첩을 잡기 시작한다. 함지박을 밀고 강 속으로 들어가서 바닥을 긁는다. 가장 낮은 곳에 사는 가장 작은 조개 속에 가장 깊은 맛이 들어 있다. 조개 몇 마리와 물과 소금이 그 국물의 형식의 전부다. 재첩 국물은 삭신의 구석구석으로 스며 들뜬 것들을 가라앉힌다. 재첩 국물 속에도 작은 숲이 들어앉아 있다.

찻잔 속의 낙원

화개면 쌍계사

화개花開, 경남 하동군 화개면는 꽃 피는 땅이다. 그 골짜기에서 꽃들이 지천으로 피어나기도 하지만, 꽃이 없더라도 그 땅은 이미 꽃으로 피어난 마을이다. 세상이 아닌 곳으로 가려는 사람의 마음을 끌어들여서, 이 골짜기에서는 신령한 일들이 많았다. 낮은 포근하고 밤은 서늘해서 늘 맑은 이슬이 내린다. 이슬을 맞고 차나무가 자란다. 봄에 이 나무의 새순을 달여 먹으면 마음이 가벼워진다. 옛글에는 "두 겨드랑이 밑에서 서늘한 바람이 인다"(『동다송』)라고 적혀 있다.

섬진강 화개나루에서 북쪽으로 벚나무 숲길 십 리를 가면 쌍계사다. 쌍계사는 두 물줄기 사이다. 육조 혜능의 머리가 이 절에 안장되었다. 절 마당에 1,200년 전 비석이 서 있는데, 그 비문에 이르기를

"무릇 도道는 사람을 멀리하지 않고 사람은 나라를 가리지 않는다"(진감국사대공탑비)라고 하였다. 글 읽는 후인들이 그 문장을 두려워한다.

쌍계사에서 다시 북쪽으로 십 리를 가면 칠불암이다. 이 절은 반야봉 중턱의 양지바른 언덕 위다. 인도에서 시집온 가락국 허황후의 일곱 아들이 이 언덕에서 성불하였다.(『삼국유사』) 여기는 늘 양명陽明해서 음습한 그림자가 없고 벌레나 잡것이 얼씬거리지 않는다.

칠불암에서 동쪽으로 산길 삼십 리를 가면 청학동青鶴洞이다. 청학동은 깊은 산속의 맑은 땅이다. 안개를 마시며 개울물을 퍼먹고 사는 신선들이 모여 있고 푸른 학이 깃들인다고 하는데, 아직 보았다는 사람은 없다. 고려 때 노인들의 말로는 "길이 협착하여 사람이 겨우 다닐 수 있고 몸을 구부리고 수십 리를 가면 넓은 땅이 나타난다. 푸른 학이 살며, 옥토가 가시덤불에 덮여 있다"(『파한집』)라고 하였다. 칠불암에서 청학동에 이르는 삼십 리 산길은 외지고 가파르다. 길은 끊어진 듯 이어지고 이어진 듯 끊어져서 종잡을 수 없다. 잎이 우거진 여름이나 눈 쌓인 겨울에 길은 보이지 않는다.

청학동으로 가는 길은 찾기 어렵다. 고려 때 문인 이인로李仁老, 1152~1220는 이 꼴같잖은 세상을 단칼에 끊어버리기로 하고, 소 두어 마리에 짐을 싣고 청학동을 찾아나섰다. 그는 구례 쪽 코스로 해서 화개 골짜기까지 왔었는데 청학동을 찾지는 못하였다. "신선은 없고 원숭이만 운다"(『파한집』)라고 바위에 써놓고 그는 돌아왔다.

화개동 녹차밭

녹차밭에 내리는 봄빛은 기름지고 두텁다.
차는 혼자서 마시는 차를 으뜸으로 여기고
여럿이 마시는 차를 귀하게 여기지 않는다.

300여 년 후에 조선시대 도학자 김종직金宗直, 1431~1492이 다시 청학동을 찾아나섰다. 김종직은 함양에서 출발해서 마천골, 피아골을 거쳐 화개 골짜기로 들어간 것으로 보인다. 그의 산행 코스는 매우 길었고, 수발드는 중들이 고생이 많았다. 김종직은 청학동이라는 마을을 찾기는 찾았으나 그곳은 인간 세계와 매우 가까운 곳이어서 여기가 거기인지 기연가미연가하다가 돌아왔다.(『두류산기행』)

그로부터 30년 후에 그의 제자 김일손金馹孫, 1464~ 1498도 청학동을 찾아나섰다. 김일손은 진주에서 출발해서 반야봉을 거쳐서 화개 골짜기에 당도하였다. 그는 청학동을 찾아냈다. 청학동에서 그의 결론은 '청학동'이란 있는지 없는지 알 수 없고, 있다 하더라도 찾을 수 없고, 찾았다 하더라도 살 수는 없다, 는 것이었다.(『속 두류산기행』) 옛일들이 이러하니, 낙원에 대한 꿈은 후대로 내려갈수록 점차 깨어져나가게 마련인 모양이다.

낙원을 증명하는 일은 낙원의 부재를 증명하는 일인 것 같기도 하지만, 화개 골짜기의 차나무밭에서는 낙원을 증명하기 위해 애써 헤매지 않아도 될 듯싶다. 청학동에 이르는 양쪽 골짜기는 온통 푸르른 차나무밭이다. 곡우에서 입하 사이에 햇차의 향기는 바람에 실려 이 골 저 골로 밀려다닌다.

5월 차나무밭의 냄새는 풋것의 향기가 습한 육질 속에 녹아 있지만, 5월 찻잔 속의 향기는 이 육질이 제거된 향기다. 시詩는 인공의 낙원이고 숲은 자연의 낙원이고 청학동은 관념의 낙원이지만, 한 모금의 차는 그 모든 낙원을 다 합친 낙원이다. 5월의 찻잔 속에서는 이 접합부의 이음새가 드러나지 않는다. 꿰맨 자리가 없거나 꿰맨 자리가 말끔한 곳이 낙원이다. 꿰맨 자리가 터지면 지옥인데, 이 세상의 모든 꿰맨 자리는 마침내 터지고, 기어이 터진다.

차는 살아 있는 목구멍을 넘어가는 실존의 국물인 동시에 살 속으로 스미는 상징이다. 그래서 찻잔 속의 자유는 오직 개인의 내면에만 살아 있는, 가난하고 외롭고 고요한 소승의 자유다. 찻잔 속에는 세상을 해석하거나 설명하거나 계통을 부여하려는 논리의 허세가 없다. 차는 책과 다르다. 찻잔 속에는 세상을 과장하거나 증폭시키려는 마음의 충동이 없다. 차는 술과도 다르다. 책은 술과 벗을 부르지만 차는 벗을 부르지 않는다. 혼자서 마시는 차가 가장 고귀하고 여럿이 마시는 차는 귀하지 않다.(『동다송』) 함께 차를 마셔도 차는 나누어지지 않는다.

차에 관한 초의草衣, 1786~1866의 글들은 낙원이 없는 세상 속에 낙원을 세우기 위한 타협처럼 읽힌다. 그의 타협은 자연과 인간 사이의 소통이지만, 그 타협은 치밀하고도 부드러워서 인공의 흔적을 남기지 않는다. 그는 당대 최고의 선지식이었고 삼엄한 논객이었지만, 그보다 앞서 그는 아무도 따를 수 없는 멋쟁이 승려였다. 그는 이 세상의 모든 색깔과 모양과 맛과 냄새의 아름다움을 색즉시공의 이름으로 부정하지 않았다. 그에게, 한 모금의 차는 덧없는 세상의 일상성 속에서 구현되어야 할 깨달음이었으며, 삶과 선禪은 서로 배척하는 것이 아

녹차 잎의 새순

찻잔 속에서 자연의 낙원과 인공의 낙원은 조화를 이룬다.

니었다. 한 모금의 차 속에 그 양쪽이 다 들어 있다.

찻잎이나 찻잔, 물, 불, 장작, 숲, 화로, 탕기에 대한 그의 감식안은 때때로 범인이 이해하기에 지나치게 까다로워 보인다. 그의 까다로움은 자연의 본질을 훼손하지 않고, 그것을 인간의 육신이 감지할 수 있는 국물로 정제해내기 위한 까다로움이다. 그리고 찻잔 속에서 그 까다로움은 소멸한다. 차에 관한 초의의 글 중에서 가장 아름다운 대목은 그가 시간을 인간의 육신 쪽으로 끌어들이는 페이지들이다.

> 겨울에는 찻잎을 주전자 바닥에 먼저 넣고 끓는 물을 붓는다. 여름에는 끓는 물을 먼저 붓고 물 위에 찻잎을 띄운다. 봄, 가을에는 끓는 물을 절반쯤 붓고 찻잎을 넣은 다음 그 위에 다시 물을 붓는다.(『다신전』)

왜 그래야 하는지, 그렇게 해서 차 맛이 달라지는지를 물을 수는 없지만, 왠지 그래야만 할 것 같다. 낙원은 일상 속에 있든지 아니면 없다. 청학동으로 가는 계곡에서 5월의 차나무 밭은 푸르다. 자전거는 청학동 어귀에서 방향을 돌려 화개 골짜기로 되돌아왔다.

'덖음'은 차의 제맛을 찾는 인공의 과정이다

5월 초순에 화개 골짜기에서는 우전雨前차가 나온다. 우전은 곡우 닷새 전에 딴 햇차로, 무릇 차의 으뜸으로 여긴다. 이것은 중국 사람들의 입맛이다. 조선의 차는 입하에 가까워져야 온전해진다고 초의는 말했다.

화개 골짜기에서는 올해의 햇차를 거두어들인 차밭 주인들이 저녁마다 이 집 저 집으로 마실을 다니며 차 맛을 다툰다. 이웃집 차를 마셔볼 뿐, 그 맛에 대해서는 내놓고 말하기를 조심스러워하는데, 내심으로 서로 두려워하고 있다.

화개 골짜기의 차밭은 야생종 차밭이다. 고산지대에서 나는 차를 특히 귀하게 여겨 이것만을 찾는 승려들도 있다. 흐린 날에는 차를 따지 않고, 날이 저문 뒤에는 차를 따지 않는다.

차를 따서 불에 말리는 과정이 '덖음'이다. 차 맛은 이 '덖음' 과정에서 크게 달라진다. 찻잎에는 독성이 있다. 그래서 차나무밭에는 벌레가 없고, 놓아먹이는 염소들도 차나무밭에는 얼씬거리지 않는다. 덖음은 차의 독성을 제거하고, 잎 속의 차 맛을 물에 용해될 수 있는 상태로 끌어내고, 차를 보관 가능하게 건조하는 과정이다. 그날 딴 차는 하루를 넘기면 안 되고, 그날 안으로 덖음질을 마쳐야 한다. 대체로 일고여덟 번 덖음질을 한다. 무쇠솥에 찻잎을 넣고 두 손으로 주물러가며 볶아낸다. 잠시도 손놀림을 멈추어서는 안 된다. 덖음질을 오래 한 사람들은 열 때문에 손마디가 구부러져 있다. 오랜 경험을 가진 사람의 손이 아니면 차가 익은 정도를 감지해낼 수 없다. 불은 흔들려서도 안 되고 연기가 나서도 안 된다. 차의 계율은 삼엄하고도 섬세하다. 그것은 자연의 본질을 추출해내기 위한 인공의 과정이다.

숲은 죽지 않는다
강원도 고성

자전거는 7번 국도를 따라 태백산맥과 동해 바다 사이를 내리달린다. 강원도 고성군 송현리 통일전망대를 떠나는 이 길은, 간성·속초·양양·강릉·동해·삼척·울진·평해·영덕·포항 같은 큰 어항들과 그 사이사이의 수많은 작은 포구에 닿는다. 고깃배가 귀항하는 아침마다 억센 어부들과 목소리 큰 생선장수들로 포구는 시끌벅적하고, 붉은 해가 태백산맥의 푸른 잔등을 비추어, 7번 국도 언저리는 언제나 빛나는 산하 속에서 사람 사는 일의 활기가 넘쳐난다.

지금, 7번 국도 연변에서 바라보는 태백산맥은 푸른 산이 아니라 시커먼 산이다. 지난 4월의 산불은 능선과 계곡을 다 태우고 길가까지 밀고 내려왔었다. 산맥에는 불탄 나무들이 죽어서 시커멓게 쓰러져 있고, 타다 만 나무를 끌어낸 산봉우리와 능선은 빡빡머리가 되었다. 바위들이 고열을 못 견뎌서 붉게 변색되었고, 그 뜨거웠던 바위 틈새로 파고들었던 청설모들은 한 마리도 살아남지 못했다. 청설모들은 한사코 바위 틈새의 맨 구석 쪽으로 머리를 처박고 죽어 있었고, 숨이 끊어지는 순간까지 필사적으로 도피로를 찾았던 것인지 산천을 뛰놀던 그 발바닥의 굳은살은 여러 갈래로 터져 있었다. 쫓기는 청설모들은 불타는 산봉우리 수십 개를 넘고 또 넘어서 기력이 다하는 마지막 순간에 그 뜨거운 바위 틈새로 파고들었을 것이었다.

비스듬한 각도로 멀고 깊게 비치는 동해의 아침 해는 산맥의 모든 계곡 구석구석에까지 닿는 것이어서, 아침의 태백산맥에서는 숨을 곳이 없는데, 그 투명한 햇살이 비치는 아침마다 불타버린 산맥의 검은 잔해는 가차없이 드러난다. 거대하고도 선명한 참혹함이 국토의 등뼈를 따라 끝도 없이 펼쳐진다. 7번 국도에서는 가도가도 이 지경이다.

영동지방 숲들의 수난은 엎친 데 덮쳐왔다. 1996년 4월 강원도 고성군의 산불은 '건국 이래' 최대 산불이고, 2000년 4월의 동해안 산불은 '단군 이래' 최대 산불이라고들 한다. '건국 이래' 때 1,200만여 평이 탔다. 여의도 면적의 10배이다. 생태계의 인접 피해는 불탄 지역의 3배에 달했다. 여의도 면적의 30배다. '단군 이래' 때는 '건국 이래' 때의 6배가 탔고, 생태계 인접 피해 규모는 아직 모른다. 이 부분에 대해서는 모두들 전문적인 헛소리나 하고 있다.

'건국 이래' 때 불탄 숲은 대부분 인공조림되었고, 극히 일부(강원도 고성군 죽왕면 구성리 일대 100헥타르)는 자연복원되었다. 자연복원이란 말 그대로 사람의 손을 전혀 대지 않고 불탄 나무까지도 그대로 두는 것이다. 그렇게 4년이 지난 후 자연복원된 구역이 인공조림된 구역보다 훨씬 더 빠르고 건강하게 숲의 꼴을 회복해가고 있다.

건강한 숲이란 키 작은 나무에서부터 키 큰 나무에 이르기까지 온갖 나무들이 모여 사는 숲이다. 사람이 보기에 무질서하고 어수선한 숲이 건강한 숲이다. 이런 숲이 복원력이 좋고 재난에 대한 저항력이 크다. 키 작은 활엽수들이 먼저 바람에 씨앗을 날려 불탄 땅에 싹을 틔우고, 타고 남은 그루터기들이 움싹을 길러서 숲은 저절로 회복되어가고 있었다. 숲이 꼴을 갖추어가자 벌레와 작은 짐승 들도 저절로 모여들었다. 다 저절로 그렇게 된 것이고, 사람이 공들이고 돈 들여서 한 일이 아니다. 숲은 저절로인 것이다.

숲은 죽음, 단절, 혹은 패배 같은 종말론적 행태를 알지 못한다. 땅에 쓰러진 자가 일어서려면 반드시 쓰러진 자리를 딛고 일어서야 하는 것처럼, 숲은 재난의 자리를 딛고 기어이 일어선다. 숲은 재난의 자리를 삶의 자리로 바꾸고, 오히려 재난 속에서 삶의 방편을 찾아낸다.

숲을 연구하는 과학자들에 따르면 산불이 쓸고 간 자리에는 큰 키 나무들(주로 소나무)이 다 죽기 때문에 햇빛이 땅바닥까지 잘 들어오고 식물의 밀도가 낮아져서 나무들끼리의 경쟁이 현저히 감소되며, 타고 남은 재가 거름이 되기 때문에 나무들이 다시 이 재난의 자리를 개척해 들어올 수 있는 것이라고 한다.

1996년에 불타버린 강원도 고성군 죽왕면의 숲은 지난 4년 동안 그렇게 죽음의 자리에서 삶을 일구어냈다. 강원대학교 정연숙 교수(생명과학부)의 연구에 따르면 1996년 산불 때 나무는 죽었으나 땅은 죽지 않아서 활엽수의 타다 만 그루터기들은 움싹을 길러냈고, 풀들의 땅속 줄기를 다시 살려냈다. 불난 지 5개월 후에 싹들은 다시 솟아났다. 그리고 4년 후에는 불탄 나무들이 저절로 쓰러져 없어져갔고, 숲은 작은 키 나무와 떨기나무로 층위를 이루고 있었다. 또 1986년에 불타버린 고성군 거진읍 송강리의 숲은 지금 큰 키 나무와 작은 키 나무로 숲의 층위를 이루고 있다. 1978년에 불타버린 강원도 평창군 봉평리의 숲은 21년 후인 지금 큰 키 나무, 작은 키 나무, 떨기나무, 풀 들로 건강하고도 완벽한 숲의 층위를 완성해냈다. 모두 다 사람이 한 일이 아니고 저절로 된 일이다. 억지로 해서 되는 일은 아무것도 없다.

'건국 이래' 때 타버린 강원도 고성군 죽왕면의 숲은 지난 4년 동안 저절로 스스로를 키워왔고, 검고 붉은 산을 푸르게 바꾸어놓았다. 이 숲의 일부가 지난 4월의 '단군 이래' 때 또 불타버렸다. 인공조림 구역도 탔고, 자연복원 구역도 탔다. 영동의 숲은 타고 또 탔다. 인공조림한 숲은 나무의 대열이 줄을 맞추어 들어서게 되는데, 다 불타버린 숲은 시커먼 그루터기들만 일렬 종대로 남아 있었다.

거듭 불타고 거듭 살아나는 이 숲이 '단군 이래'의 재난을 겪고 나서도 또 한번 다시 살아날 수 있을 것인가. 이런 질문은 어리석어 보인다. 숲은 사람의 바람과는 아무런 관련 없이 기어이 다시 살아난다.

지난 4월에 불타버린 산은 나무들이 무질서하게 쓰러져 있고, 흙이 푸석푸석하게 들떠서 자전거로 들어갈 수가 없다. 산 밑에 자전거를 대놓고 걸어서 올라왔다. 불탄 지 한 달 만에, 시커먼 그루터기 틈새에서 새빨간 움싹들이 맹렬한 기세로 솟아오르고 있었다. 숲은 아주 죽지 않았다. 반쯤 타다 만 소나무들도 타지 않은 반쪽으로 새잎을 내밀고 있었고, 타다 만 풀뿌리에서도 싹들은 올라오고 있었다. 그래서 가까이 다가가보면 시커먼 태백산맥은 햇빛이 비추는 능선을 따라가며 다시 눈물겨운 연두색을 회복하기 시작했다. 가물가물한 연두의 띠가 산맥의 능선을 따라서 저쪽 능선으로 넘어간다. 이 가엾은 연두가 이윽고 푸르고 넉넉한 숲을 이루어줄 것을 우리는 믿는다. 숲이여, 살아서 돌아오라.

인공조림보다는 자연복원이 효과적

지난 4월 영동 산불이 꺼진 후 강원도는 복구비로 천이백억원을 정부에 요청했다. 영동 산불을 오래 연구한 강원대학교 정연숙 교수는 펄펄 뛰고 있다. 나무를 억지로 심을 필요가 전혀 없다는 것이다. 정교수의 주장은 오랜 실증적 연구에 바탕하고 있다. 환경관리주의와 생태주의의 입장은 산림정책에서도 맞부딪치고 있다. 정교수의 얘기를 들어보자.

_산림청은 인공조림과 자연복원을 병행하겠다고 하는데?

_경사가 급한 지역이나 암반 지역은 자연복원하고 나머지를 인공조림하겠다는 말은 100퍼센트 인공조림하겠다는 말과 같다.

고성군 죽왕면의 산불 현장

타버린 그루터기에서 새순이 돋고 있다.
숲은 죽지 않는다. 싹들은 기어이 살아서 숲을 이룬다.
그루터기마저 죽어버린 숲에는 먼 숲에서 풀씨들이 날아와 숲을 이룬다.

_자연복원된 숲은 경제성이 떨어지지 않는가?

_우리나라는 목재를 95퍼센트 수입하고 있다. 숲의 경제성은 중요한 문제다. 그러나 나무를 심기보다 나무를 가꾸는 일이 숲의 경제성을 위해 더 중요하다. 그보다 더 근본적으로는 숲은 재화를 공급하는 공장이 아니라는 점이다. 숲의 경제성은 돈으로 환산할 수 있는 것이 아니다. 경제림 조성은 대부분 실패했거나 그 경제성이 검증되지 않고 있다. 산림청도 이걸 일부 인정하고 있다.

_100퍼센트 자연복원을 하자는 얘기인가?

_그렇지 않다. 송이 채취 구역이나 도로 연변의 풍광 지역, 또는 모래 사태가 걱정되는 지역은 나무를 심어야 한다. 그러나 그 이외의 지역은 자연에 맡겨야 한다. 제발 내버려두라는 것이다.

_내버려두어야 하는 이유가 무엇인가?

_우리 숲은 복원능력이 있다. 조림한 경우보다 더 빨리 더 건강하게 회복된다. 입증된 연구 결과가 있다. 숲이 죽었기 때문에 새 숲을 만들어야 한다는 것은 말도 안 된다. 숲은 죽지 않았다. 숲은 앞으로 20년 내에 활엽수림으로 자연복원될 것이다. 그 사례도 있다. 이처럼 자연복원된 숲은 생태학적으로 건강하고 재앙에 대한 저항력과 복원성도 크다. 왜 무의미하게 막대한 돈을 쓰려고 하는가. 제발 내버려둬라, 제발 손대지 말라. 제발 아무 일도 하지 말아달라.

숲은 숨이고, 숨은 숲이다

광릉 숲에서

거듭 말하거니와 나는 모국어의 여러 글자들 중에서 '숲'을 편애한다. '수풀'도 좋지만 '숲'만은 못하다. '숲'의 어감은 깊고 서늘한데, 이 서늘함 속에는 향기와 습기가 번져 있다. '숲'의 어감 속에는 말라서 바스락거리는 건조감이 들어 있고, 젖어서 편안한 습기도 느껴진다. '숲'은 마른 글자인가 젖은 글자인가. 이 글자 속에서는 나무를 흔드는 바람 소리가 들리고, 골짜기를 휩쓸며 치솟는 눈보라 소리가 들리고 떡갈나무 잎에 떨어지는 빗소리가 들린다.

깊은 숲 속에서는 숨 또한 깊어져서 들숨은 몸속의 먼 오지에까지 스며드는데, 숲이 숨 속으로 빨려들어올 때 나는 숲과 숨은 같은 어원을 가진 글자라는 행복한 몽상을 방치해둔다. 내 몽상 속에서 숲은 대지 위로 펼쳐놓은 숨의 바다이고 숨이 닿는 자리마다 숲은 일어선다.

광릉 수목원의 젖은 여름

숲 속에서는 숲이 숨이고 숨이 숲인데, 숲은 숨에 실려 몸속으로 스민다.
그래서 젖은 여름 숲에서 숨은 가득히 차오르고 마른 가을 숲에서 숨은 허술하게 열린다.

'숲'의 피읖받침은 외향성이고, '숨'의 미음받침은 내향성이다. 그래서 숲은 우거져서 펼쳐지고 숨은 몸 안으로 스미는데 숨이 숲을 빨아당길 때 나무의 숨과 사람의 숨은 포개진다. 몸속이 숲이고 숲이 숨인 것이어서 '숲'과 '숨'은 동일한 발생 근거를 갖는다는 나의 몽상은 어학적으로는 어떨는지 몰라도 인체생리학적으로는 과히 틀리지 않을 것이다. 나는 몸이 입증하는 것들을 논리의 이름으로 부정할 수 있을 만큼 명석하지 못하다.

밥벌이에 지친 날에는 숲 속의 나무들이 더 아름다워 보인다. 먹이를 몸 밖에서 구하지 않고, 몸 밖의 먹이를 입으로 씹어서 몸 안으로 밀어넣지 않고, 제 몸속에서 햇빛과 물과 공기를 비벼서 스스로를 부양하는 저 푸르고 우뚝한 것들은 얼마나 복 받은 존재들인가. 중생의 맨 밑바닥에서 나무는 중생의 탈을 벗고 있다. 밥벌이에 지친 저녁에 이경준 교수가 지은 『수목생리학』이나 파브르의 『식물기』를 꺼내놓고 광합성, 수목의 생장, 햇빛과 엽록소의 관계 같은 페이지들을 읽는 일은 쓸쓸하다. 이 쓸쓸함은 식물의 자족自足 앞에서 느끼는 동물의 슬픔이다. 무기물을 유기물로 전환시키는 작용이 나무의 생명현상이다.

그 전환의 생화학적 과정을 모두 분석하고 분석의 파편들을 다시 종합해도 어째서 생명이 아닌 것들로부터 생명인 것이 빚어지는지를 나는 알 수가 없다. 어째서 이 전환은 초록 계통의 세포 속에서 이루어지는 것이며, 숲은 왜 초록색인지, 숲을 초록으로 인지하는 나의 지각과 언어는 정당한 것인지를 나는 결국 알지 못한다. 나의 무지에도 불구하고 광합성을 기술하는 『수목생리학』의 페이지들은 아름답고, 바람에 흔들리는 광릉의 여름 숲은 자유가 깃들 만큼 서늘하고 깊어서, 숲 속에서 나는 세계의 궁극으로 다가가는 식물학자가 되지 않기를 잘했다고 생각했다.

숲 속의 모든 나무는 먹이 없이 스스로 살아가는 독립기관이다. 나무는 뿌리에서부터 우듬지 꼭대기의 잎에까지 물을 이동시키는데, 『수목생리학』에 따르면 이 물은 분자들간의 상호 응집작용으로 이동하는 것이어서 나무는 물을 위로 올리기 위하여 에너지를 사용하지 않는다. 물은 저절로 이동한다. 나무는 서두르거나 늑장을 부리지 않는다. 기다렸다가 때가 이르면 꽃을 피우고 열매를 맺는다. 나무는 개화나 결실에 많은 에너지를 쓰지 않는다. 나무는 생명이 아닌 것을 생명으로 바꾸는 전환의 과정으로 저 자신의 생명을 완성한다. 그래서 나무는 오래오래 땅 위에 살아 있는 것인데, 500년이 된 느티나무조차도 젊어 있어서 땅 위에 늙은 나무란 없다.

여름의 광릉 숲은 나무들마다 제 모습으로 무성해져서, 나무의 개별성은 주저 없이 발현되어 있다. 참나무 큰 잎은 늘 바람에 서걱거린다. 상수리나무, 떡갈나무, 굴참나무, 갈참나무, 졸참나무, 신갈나무의 그늘도 마찬가지다. 잎 사이마다 빛이 꺾이면서 스며들어 참나무 숲 속은 어슴푸레하고 그림자가 없다. 넓은 잎들이 물기를 내뿜어 참나무숲에서는 콧구멍 속이 편안해진다.

광릉 수목원 연못 속에 흩어지는 빛살

아침 햇살 속에서 잠 깨는 광릉수목원의 나무들.
나무들의 하루가 시작되고, 수련들도 꽃잎을 연다.
연못의 빛은 시간을 따라서 흐른다.
대낮의 빛은 가득 차고 저녁의 빛은 성글어지면서 연못의 하루는 저문다.

소나무나 전나무 숲의 바닥은 가는 잎 사이로 스며들어온, 자잘한 빛들이 바글거린다. 전나무는 키가 커서 전나무숲 바닥의 빛들은 멀어 보이고 소나무숲 바닥의 빛은 가까워 보인다. 소나무숲의 향기는 말라 있고 참나무숲의 향기는 젖어 있다. 숲 속의 나무들 중에서 느티나무는 가장 완강한 착지성着地性을 보인다. 느티나무의 밑동은 중심이 되는 기둥을 구별할 수 없다.

느티나무 밑동은 여러 갈래로 갈라지고 또 들러붙어서 튼튼한 저변의 근거를 확보한다. 느티나무는 화사하지 않고 꽃도 볼품없지만 느티나무는 강력하고 장대하다. 산전수전의 신령성이 서린 그 밑동은 오래 사는 자가 이기는 자라고 말하는 것 같다. 그래서인지 마을 어귀의 정자나무나 당나무는 대부분이 느티나무다. 느티나무가 들어선 숲에서 다른 나무들은 이 신령한 나무 곁에 범접하지 못하고 멀리 떨어져 있다. 참나무, 소나무, 느릅나무는 굴곡진 껍질로 외벽을 치지만 백일홍, 물푸레나무, 자작나무는 기름기 흐르는 껍질 위에 꽃사슴의 무늬를 그려낸다.

여름의 광릉 숲에서 숲의 전체성은 이 모든 나무들의 개별성을 품고 있었고, 몸 밖에서 벌어먹어야 하는 자의 먹이의 운명만이 그 전체성에서 제외되어 있었는데, 숲 속에서는 그 제외된 운명이 선명히 드러남으로써 오히려 견딜 만했다.

질서 속에서 완성되는 숲

광릉경기도 남양주시은 조선 7대 임금 세조1417~1468와 왕비 윤씨의 능이다. 세조는 타고난 무골로 왕자 시절부터 사냥과 관병觀兵을 즐겼다. 지금의 광릉 숲을 이루는 주엽산, 소리봉, 축석령 일대는 세조가 자주 찾던 사냥터였다. 세조는 죽어서 사냥터에 묻혔고 이 능림 일대 산야는 벌목, 채석, 매장이 금지되었다. 조선 조정은 이 숲을 신성하게 여겨 엄격하게 통제했고 철종 때까지 역대 임금은 광릉에 참배했다. 숲은 온전히 보존되었고 수종이 다양하고 건강한 산림을 이루었다.

소리봉 쪽은 서어나무, 졸참나무가 대종을 이루는 천연 활엽수림이고 주엽산 쪽 정상은 소나무, 서어나무가 대종을 이루면서 남동쪽 능선을 따라 느티나무들이 나타난다. 광릉의 능원에는 소나무와 전나무가 들어섰고, 크낙새가 이 숲에서 산다.

숲은 오랜 시간 속에서 저절로 모습을 바꾸며 완성된 생태계를 지향한다. 소나무 그늘에서 자라던 참나무는 소나무보다 키가 커져서 소나무의 세력을 밀어낸다. 여러 숲 속에서 소나무의 시대가 저물고 참나무의 시대가 열리고 있다. 서어나무가 군락을 이루는 숲이 가장 안정된 숲으로 꼽힌다.

광릉 숲에는 주봉인 소리봉을 중심으로 서어나무의 군락이 번창하고 있다. 식물학자들은 이런 숲을 '극상림'이라고 부른다. 안정된 숲은 나무들의 세력이 조화에 도달해서 먹이 피라미드가 정돈되고 모든 나무와 풀과 새와 벌레 들이 위계 속에서 질서를 갖는다. 세조의 무단정치는 잔혹한 피바람을 몰고 왔지만, 왕도의 꿈은 그의 사냥터였던 광릉 숲에서 저절로 이루어지고 있다. 광릉의 '극상림'은 지금 여름의 절정으로 치닫고 있다.

나이테와 자전거

광릉 수목원 산림박물관

광릉 국립수목원 산림박물관에서는 수백 년 된 고목의 나이테와 나무를 다루는 목공들의 연장이 볼만하다. 나무의 역사는 제 몸속에 기록된다. 이 동심원의 세계는 생명현상 속에 자리잡은 자연현상의 모습일 터인데 여기에는 생명과 자연이 포개져서 질서 있는 문양을 이룬다. 나이테는 자연현상들 중에서 인간의 책에 가장 가깝게 느껴지는데, 이 친근감은 나이테의 문양이 생명을 통과해 나온 자연이기 때문일 것이다. 나이테뿐 아니라 나무를 세로로 잘랐을 때 드러나는 결의 무늬들도 마찬가지다. 오래된 절이나 한옥의 기둥, 마루, 대들보, 문지방에 드러난 나뭇결의 무늬가 사람들을 편안하게 해주는 까닭도 그쯤에서 짐작할 수 있다. 그 결은 자연의 흐름을 따라가는 생명의 선이며 리듬이다.

산림박물관 노거수 나이테에 새겨진 시간의 흔적

나이테는 나무가 쓴 역사이다.
나이테는 비와 바람과 더위와 추위와 가뭄과 홍수를 기록하고 우주의 혹성과도 교감한다.
이 역사는 인간이 해독할 수 있어서 나무와 인간은 서로 소통한다.

나이테를 읽어내는 식물학자들은 나무의 생몰연대와 나무가 겪은 삶의 충만과 결핍, 고통과 기쁨, 일과 휴식에 관하여 나무 한 그루마다 개별적으로 설명할 수가 있다. 나이테는 나무가 쓴 책과도 같고 식물학자들이 그 책을 읽어내서, 나무의 책을 인간의 책으로 바꾸어준다. 태양 흑점의 발생 주기를 연구하던 미국의 천문학자 더글러스 박사는 1,000년이 넘은 나무의 나이테를 들여다보면서 흑점 발생의 그래프를 작성할 수 있었다는 이야기를 나는 박상진 교수가 쓴 『역사가 새겨진 나무 이야기』라는 책에서 읽었다. 지구의 땅 위에 솟아난 나무는 태양의 흑점과 몸으로 교신하고 있었다.

국립수목원 뒷마당에는 몇 년 전 홍수 때 뿌리 뽑힌 전나무의 밑동이 전시되어 있다. 이 나무는 200년이 다 된 것인데, 그 생몰연대는 1818년부터 1988년까지이다. 정약용이 『목민심서牧民心書』를 쓰던 무렵에 태어나 88서울올림픽이 열리던 무렵까지 이 전나무는 수목원 진입로에서 살았다. 한국 현대사가 근대성을 확보하는 과정에서 오작동을 반복하던 시절에, 이 나무는 나이테 동심원 안쪽으로 과거를 온전히 지녀가고 있었다. 그 동심원의 깊은 안쪽은 고요하고 단단해 보인다.

나무는 개체 안에 세대를 축적한다. 지나간 세대는 동심원의 안쪽으로 모이고 젊은 세대가 몸의 바깥쪽을 둘러싼다. 나무껍질 바로 밑이 가장 활발히 살아 있는 세대이다. 이 젊은 세대가 뿌리의 물을 우듬지까지 끌어올려 모든 잎들을 빛나게 하고 나무의 몸통을 키운다.

그리고 이 젊은 세대는 점차 기능이 둔화되고 마침내 정지되어 동심원의 안쪽으로 숨어들고, 나무껍질 밑에는 다시 새로운 세대가 태어난다. 젊음은 바깥쪽을 둘러싸고 늙음은 안쪽으로 고인다. 식물학자들의 설명에 따르면 나무 밑동에서 살아 있는 부분은 지름의 10분의 1 정도에 해당하는 바깥쪽이고, 그 안쪽은 대부분 생명의 기능이 소멸한 상태라고 한다. 동심원의 중심부는 물기가 닿지 않아 무기물로 변해 있고, 이 중심부는 나무가 사는 일에 간여하지 않는다. 이 중심부는 무위無爲와 적막의 나라인데 이 무위의 중심이 나무의 전 존재를 하늘을 향한 수직으로 버티어준다. 존재 전체가 수직으로 서지 못하면 나무는 죽는다. 무위는 존재의 뼈대이다. 하나의 핵심부를 중심으로 여러 겹의 동심원을 이루는 세대들의 역할 분담과 전승을 알 수 있게 되는 것이 나이테를 들여다보는 일의 기쁨이다.

나무의 늙음은 낡음이나 쇠퇴가 아니라 완성이다. 이 완성은 적막한 무위이며 단단한 응축인 것인데 하늘을 향해 곧게 서는 나무의 향일성은 이 중심의 무위에 기대고 있다. 무위의 중심이 곧게 서지 못하면 나무는 쓰러지고 거죽의 젊음은 살 자리를 잃는다. 중심부는 존재의 고요한 기둥이고 바깥쪽은 생성의 바쁜 현장인데, 새로운 세대의 표층이 태어나면 생성과 존재가 사명을 교대하면서 나이테는 하나씩 늘어간다. 동심원 속에서 늙음과 젊음이, 전위와 후방이 순탄한 질서를 이루어 나무는 곧게 서서 잎을 틔우고, 꽃을 피우고, 또 잎을 떨군다. 나이테의 동심원 속에서는 후방이 전위보다 훨씬 더 두껍고 단단한 것이어서 잎 피는 나무의 그 찬란한 전위는 모두 이 후방에 기대어 있다. 이 중심부 쪽 후방이 나무의 가장 단단하고 안정된 부분이다. 기둥을 세울 때 목공은 나무의 겉부분은 다 깎아버리고, 고급 가구는 대부분이 후방만을 잘라내서 목재로 쓰고 있다.

목공들은 석수나 옹기장이나 대장장이에 비해서 훨씬 더 다양하고 정교한 연장을 지니고 있다. 목공들의 연장이 아주 정교해진 것은 목재가 인간에게 가장 가깝고 일상적인 자연재료이기 때문일 것이다. 목공의 연장은 나무의 성질과 나무의 결을 다스리는 도구다. 수습 시절의 목공은 끌로 구멍 뚫는 정도의 일을 익히지만, 숙련도가 높아지면 대패질이나 자귀질로 나무의 결을 다스리는 솜씨를 배운다. 대패와 자귀는 나무의 결을 따라서, 혹은 결을 가로지르면서 건너가는데 대패가 밀고 지나간 자리에서 나무의 존재 자취는 선연하다. 이 자취는 고요한 중심을 향해 나아가는 과정에서 벌어졌던 나무의 삶의 궤적이다. 목재에 먹줄을 칠 줄 알면 목공의 생애는 완성된다. 먹줄을 치는 목공은 나무의 구조와 존재 전체, 그 핵심부의 단단한 적막을 모두 체득한 목공의 거장이다. 김홍도의 풍속화첩 속에서 먹줄 치는 목공의 자세는 나이테 동심원의 안쪽처럼 고요하다.

나무들 사이를 자전거로 달릴 때, 바퀴는 굴러도 바퀴의 중심축의 한 극점은 항상 미동도 하지 않는다. 이 극점이 움직인다면 자전거 바퀴의 회전운동은 불가능할 것이다. 적막한 중심은 나이테 동심원 속에 있고 자전거 바퀴 속에도 있다. 그 중심이 자전거를 나아가게 해준다. 숲 속으로 자전거를 저어갈 때 나무와 자전거는 다르지 않다. 나무는 늘 인간의 마을에서 자란다. 광릉 숲은 서울에서 가까워서 좋다.

모든 나무는 독립기관이다

참나무와 소나무의 껍질은 거칠게 굴곡이 패어 있다. 나무껍질은 엉성하고 허름해 보인다. 나무껍질에서는 산전수전의 풍상이 느껴진다. 나무는 껍질로 외계와 마주한다. 나무가 자라서 굵어지면 줄기를 감싸던 껍질은 뒤틀리고 패어진다. 같은 수종이라도 이 굴곡과 균열의 무늬는 제가끔인데, 이 무늬는 인간이 해독할 수 없는 나무의 개별성이다. 껍질은 나무의 낡은 조직이다. 이 조직이 아예 못쓰게 되면 나무는 새로운 껍질층을 만들어낸다. 나무는 낡고 허름한 외양으로 그 안쪽에서 태어나는 새로움을 보호한다.

자작나무나 물푸레나무 껍질은 얇고 기름지다. 자작나무는 종이처럼 얇은 껍질을 켜켜이 두르고 있다. 속옷을 여러 겹 끼어 입고 있다. 자작나무 껍질은 방수효과가 커서 썩지 않는다. 신라 천마총에서 나온 천마도는 자작나무 껍질에 그린 그림이다.

굴참나무 껍질은 코르크 층이 두껍고 단단해서 방수와 보온 효과가 뛰어나다. 산간마을 사람들은 굴참나무 껍질로 지붕을 덮어서 굴피집을 짓는다. 추위와 더위, 햇볕과 비바람으로부터 내부를 보호해야 하는 자의 겉모습이 말쑥하고 찬란할 수는 없을 것이다. 그래서 어린 나무조차도 그 껍질에는 살아온 세월만큼의 무게와 고통이 배어 있다.

나무의 무늬, 나무껍질

나무껍질은 나무가 겪어내는 고난의 무늬다.
껍질은 그 허술하고도 완강한 조직으로 줄기 안쪽의 젊은 세대를 보호한다.

나무껍질은 상처를 받으면 진액을 분비해서 상처를 덮는다.

숲 속의 많은 나무들은 이 진액이 흘러내린 자국을 드러낸다. 오래된 진액은 껍질의 무늬 속으로 배어들어가 껍질의 일부가 되어버린다. 나무껍질은 허름한 해면조직으로 강력하다. 그 상처의 흔적들을 들여다보면서 모든 나무는 독립기관임을 안다.

여름 연못의 수련, 이 어인 일인가!

광릉 숲 속 연못에서

광릉 숲 속 연못에 수련이 피었다. 수련이 피면 여름의 연못은 살아 있는 동안의 시간 속에서 가득 차고 고요한 순간을 완성한다. 수련은 여름의 꽃이지만 작약, 모란, 달리아, 맨드라미 같은 여름 꽃들의 수다스러움이 없다. 수련은 절정의 순간에서 고요하다. 여름 연못에 수련이 피어나는 사태는 '이 어인 일인가?'라는 막막한 질문을 반복하게 한다.

나의 태어남은 어인 일이고, 수련의 피어남은 어인 일이며, 살아서 눈을 뜨고 수련을 들여다보는 일은 대체 어인 일인가? 이 질문의 본질은 절박할수록 치매하고 치매할수록 더욱 절박해서 그 치매와 절박으로부터 달아날 수가 없는 것인데 수련은 그 질문 너머에서 핀다. 수련꽃 핀 여름 연못가에 주저앉은 자와 물 위에 핀 꽃 사이의 거리는

여름 못의 왜개연꽃

왜개연꽃은 한국의 재래종 연꽃이다.
작고 단정한 꽃이다.
왜개연꽃이 피면 여름 연못은 어지러운 절정이다.

멀고, 이 거리를 건너가는 방편은 다만 '보인다'라는 한 개의 자동사 이외에는 없지 싶지만, 이 의심할 수 없이 확실한 빈곤이 살아 있는 동안의 기쁨이다.

수련은 물 위에 떠서 피지만, 한자로는 물 수水가 아니라 잠들 수睡를 골라서 수련睡蓮이라고 쓴다. 아마도 햇살이 물 위에 퍼져서 수련의 꽃잎이 벌어지기 전인 아침나절에 지어진 이름인 듯싶지만, 꽃잎이 빛을 향해 활짝 벌어지는 대낮에도 물과 빛 사이에서 피는 그 꽃의 중심부는 늘 고요해서 수련의 잠과 수련의 깸은 구분되는 것이 아닌데, 이 혼곤한 이름을 지은 사람은 수련이 꽃잎을 오므린 아침나절의 봉우리 속에 자신의 잠을 포갤 수 있었던 놀라운 몽상가였을 것이다.

여름 아침의 연못에서는 수련뿐 아니라 물도 잠들어 있다. 물이 밤새 내쉰 숨은 비린 향기와 물안개로 수면 위에 깔려 있고, 해를 기다리는 물속은 아직 발현되지 않은 무수한 빛과 색의 입자들을 재우면서 어둡다. 빛과 색으로 존재하는 것들은 시간 위에 실려서 멀리서부터 다가오는데, 그 모든 생멸의 과정이 살아 있는 동안 뜬 눈에 다 보이는 것은 아니다. 그래서 여름의 연못은 인상주의의 낙원이며 지옥이다. 수련을 그린 모네의 화폭은 그 빛과 빛 사이, 색과 색 사이, 순간과 순간 사이의 경계를 비집고 들어가서 거기에서 새로운 빛과 시간의 나라를 열어내는데, 이 나라는 보이지 않는 것들의 지옥 위에 건설된 보이는 것들의 낙원이다.

여름 아침의 수련은 그렇게 다가오는 빛과 시간의 흐름 속에서 꽃

대낮의 연못은 물과 풀 속에 숨어 있던 모든 빛들을 발현시킨다.
나무와 물과 풀은 저마다의 안쪽의 빛으로 빛난다.
그래서 여름의 연못은 인상주의의 낙원이다.

잎을 접고 잠들어 있다. 수련이 잠들어 있을 때, 오므린 봉오리 속에서 빛과 시간과 꽃 사이에 어떤 일들이 벌어지고 있는지를 바라보는 자가 말할 수 없지만 수련의 잠은 자족한 고요의 절정을 이룬다. 그 오므림의 외양은 곤한 잠이고 그 내면은 맹렬한 깨어 있음이어서, 수련의 잠은 깨어나기를 기다리는 잠이 아니고 수련의 오므림은 벌어지기를 기다리는 오므림이 아니다.

수련은 빛의 세기와 각도에 정확히 반응한다. 그래서 수련을 들여다보는 일에는 이른 아침부터 저녁까지, 하루 종일의 숨막히는 허송세월이 필요하다. 수련은 부지런한 몽상가의 꽃이다. 모네와 수련을 말하는 바슐라르의 글은 "클로드 모네처럼 물가의 아름다움을 거두어 충분히 저장해두고, 강가에 피는 꽃들의 짧고 격렬한 역사를 말하기 위해서는 아침 일찍 일어나 서둘러 일하지 않으면 안 된다. 그러므로 우리들의 클로드 모네는 이른 아침부터 길을 떠나는 것이다.

그토록 많이 되찾아진 젊음, 낮과 밤의 리듬에 대한 그토록 충실한 복종, 새벽의 순간을 알리는 그 정확성, 이것이야말로 수련으로 하여금 인상주의의 꽃이 되도록 하는 이유인 것이다. 수련은 세계의 한순간이다"(『꿈꿀 권리』, 이가림 옮김, 열화당, 1980)라고 적어놓았다. 화가는 연못 위에 핀 수련의 순간들을 화폭 위로 번지게 하고 철학가는 화폭 위의 수련으로부터 연못 위의 수련으로 건너간다. 바슐라르의 글 속에서는 시간에 대한 수련의 정확한 복종이 수련의 리듬을 완성시키고, 모네의 화폭에서 이 완성의 순간은 빛을 따라 흘러가고 있다. 아침 10시가 넘어서 물 위로 햇살이 퍼지면 풀과 나무의 그림자를 드리운 물빛은 더 깊고 더 투명해진다. 물속에 숨어 있던 색과 빛과 음영의 잠재태들이 발현되기 시작하는 그때, 수련은 꽃잎을 연다. 왜개연꽃이 열릴 때 여름의 연못은 찬란하다. 수련의 집 안에서 왜개연꽃은 작은 꽃에 속하는데 그 꽃의 열림은 얌전하고도 영롱하다. 열려진 꽃속에 여름의 빛이 들끓고, 그 들끓는 속은 맹렬하게 고요해서 꽃의 열림은 더욱 혼곤한 잠처럼 보인다. 그래서 수련의 잠과 수련의 깨어남은 시간에 복종하는 꽃의 리듬일 뿐, 잠도 깨어남도 아닐 것이었다. 왜개연꽃의 노랑색은 어지럼증을 일으킨다.

대낮에 활짝 열린 수련은 날이 흐려지면 꽃잎을 오므리고 해가 다시 나오면 꽃잎을 연다. 그래서 여름의 연못은 빛을 따라서 색들이 열리고 닫히는 꽃밭이다. 여름의 빛이 물풀의 생명을 충동질해서 그 안쪽의 색들을 피어나게 한다. 날이 저물어, 대기 중의 빛이 모두 스러지면 수련은 야물게도 꽃잎을 오므리고 밤을 맞는데, 그때 여름 연못가의 하루는 돌이킬 수 없이 다 지나간 것이다.

수십억 년의 가벼움

여름 연못가에서는 아시아실잠자리가 가장 경쾌하고 발랄하다. 이 작은 날벌레의 본질은 동물이 아니라 공기나 빛에 가까워 보인다. 높이 날지 못하는 그것들은 연못가에서 부들이나 퉁퉁마디의 잎 사이를 흘러다닌다. 그것들의 비행 궤적은 한 줄기 가는 연기와도 같다. 그것들은 존재라기보다는 존재의 희미한 흔적이거나 생명의 잔영처럼 보인다. 그것들의 몸은 가벼워서 작은 바람에도 쏠리고 그것들의 날개는 비어 있는 것처럼 투명하다. 잠자리를 한자로는 청령蜻蛉이라고 쓰는데 맑고 서늘한 벌레라는 뜻이다.

아시아실잠자리는 여름의 연못 속에서 부화해서 며칠 동안을 풀잎 사이를 날아다니다가 그 물가에서 죽는다. 그 며칠 동안의 여름 연못가가 이 날벌레의 낙원이다. 아시아실잠자리의 암컷과 수컷은 공중에서 교접한다. 교접을 위해 비행을 멈출 때, 그것들의 날개는 맹렬하게 떨리고 그 날개 위에서 여름의 햇빛이 부서진다. 그것들은 두 마리가 몸을 붙인 채로 풀잎 사이를 날아다니며 앞으로 갔다가 뒤로 갔다 한다. 수컷이 끌고 날다가, 암컷이 끌고 난다. 그러다가 몸을 붙인 채 풀잎에 내려앉아, 허리를 둥글게 구부려서 서로의 마디 사이를 파고든다. 바람이 풀잎을 흔들면, 몸을 붙인 두 마리는 다른 풀잎으로 옮겨간다. 그때 그것들의 생명은 빛의 부스러기처럼 보인다. 살아 있는 그 며칠 동안 그것들은 투명한 날개로 빛을 헤집고 날아다니면서 교접한다. 그리고 이내 죽는다. 집에 돌아와서 곤충 책을 보니까 이 벌레는 고생대의 석탄기부터 지금까지 수십억 년 동안을 여름의 물가에서 나고 죽으면서 살았다고 한다. 실잠자리에게 또 한번의 여름이 무르익어 있다.

가벼움으로 생애를 이는 실잠자리

여름의 연못에서 아시아실잠자리는 가장 가벼운 존재다.
그것들의 교접은 바람에 쏠린다.
실잠자리는 이 가벼움으로 수십억 년을 물가에서 나고 죽었다.

한강, 삶은 지속이다

암사동에서 몽촌까지

산하는 자연현상인 동시에 인문현상이다. 한국인의 마음속에서 산은 신성화되어 있지만, 강은 인간화되어 있다. 강이 훨씬 더 인간 쪽으로 가깝다. 조선 영조 연간의 지리학자 신경준申景濬, 1712~1781은 "하나의 근본으로부터 만 갈래로 나누이는 것이 산이요, 만 가지 갈래가 하나로 합쳐지는 것은 물이다"라고 말했다. 신경준의 국토 인식은 조화론적인 것이었다. 다양성의 원리와 통합의 원리, 그 우뚝한 두 기둥 사이의 공간이 삶의 자리이며 역사의 근거지이다. 서울의 북한산과 한강이 그 두 개의 기둥이다.

산은 이념적이고 초월적이며 교조적이다. 그 교조의 맨 꼭대기가 백두산이다. 『대동여지도』에서도 백두산은 자연과학을 넘는 특별 대접을 받고 있다. 강은 마을 사이를 흐른다. 강은 현실적이고 생활적이

팔당 검단산에서 내려다본 한강

여기는 남한강과 북한강이 만나는 한강 상류다.
새벽 강은 물안개에 덮여 있고 그 아래로 푸른 강물이 흐른다.

며 융합적이다. 산은 수직의 공간을 단절시키고 강은 수평의 공간을 소통시킨다. 삶은 강물처럼 흐르고 또 흘러서 날마다 새롭게 흔들리는 것이지만, 삶은 그 흐름의 종합으로서 산처럼 우뚝하고 영원하다고 신경준의 글은 말하는 것 같다. 그는 조선 성리학의 아들이다.

남한강과 북한강은 경기 남양주시 능내리 마현馬峴마을 앞 강에서 만나서 한강을 이룬다. 마현마을은 정약용丁若鏞, 1762~1836의 고향이다. 18년 동안의 강진 유배에서 돌아온 그는 이 고향마을에서 여생을 마쳤다. 그는 지금 이 물가 언덕에 묻혀 있다. 삶의 전환을 치열하게 모색했던 그가, 두 강물이 합쳐져서 더 크고 더 새로운 강을 이루는 합수머리 물가마을에서 태어난 인연은 크고 깊다. 이 합수머리 강물은 그의 형성기를 미래의 꿈으로 설레게 했던 모양이다.

그는 삶을 전환할 수 있는 근거로서 강을 소중히 여겼고, 한강의 별칭인 열수洌水를 호로 삼았다. 어린 날, 강가에서의 그의 설렘은 오랜 시련의 세월이 지나서 강진 유배 시절의 저작물 『대동수경大東水經』에서 비로소 완성된 세계관의 틀과 만난다. 『대동수경』은 강을 중심으로 국토와 삶을 이해하는 체계를 보인다. 소통이 곧 변혁이고 쇄신이며, 소통만이 닫힌 삶의 질곡을 넘어서는 대안이라는 생각을 그는 강의 흐름을 통해서 체계화한다. 이것을 그의 근대성이라고 말해도 무방할 터인데, 강가에서 태어난 그가 시련에 찬 생애를 완성해가는 모습은 강물을 닮아 있다.

여기는 정약용의 마현마을에서 하류 쪽으로 20킬로미터 내려간 강동구 암사동 선사유적지 앞이다. 여기서 출발하는 자전거는 약 6킬로미터 하류 쪽의 몽촌토성과 풍납토성을 지나서 한강의 22개 교량 밑으로 서울 도심을 통과한다. 김포대교에서부터는 자전거도로를 버리고 일반 국도와 논두렁길을 달려서 김포반도 최북단 조강리마을까지 간다. 조강리에서 한강은 임진강과 만나고 개성에서 내려오는 예성강과 합쳐져 서해로 간다. 여기서부터 한강의 이름은 조강祖江으로 바뀐다. 하구의 강은 늙어서, 할아버지의 강이다. 지금 할아버지의 강은 철책으로 막힌 분단의 강이다. 할아버지의 강가에서 자전거는 왔던 길을 되돌아가야 한다.

암사동 선사유적지는 기원전 5,000년의 신석기 마을이다. 구석기 물건도 나오니까 그보다 더 오래되었을 것이다. 몽촌토성과 풍납토성은 서기 1세기부터 5세기 사이의 마을이다. 한강 물가의 자전거는 타임머신처럼 기원전 5,000년과 기원후 2,000년을 바퀴를 굴려서 건너간다. 그리고 그 끝은 철책에 막힌 할아버지의 강이다. 시계와 달력이 분할하는 시간의 개념을 모두 버려야만 자전거는 강을 따라 흐르는 이 광활한 시간의 벌판을 건너갈 수 있다.

암사동 시절에, 사람들은 땅 위로 나오지 못했다. 움을 파고 땅 밑에서 살았다. 돌도끼와 뼈낚시에 의지해서 5,000년 이상을 그 자리에서 그렇게 살았다. 큰물이 지면 달아났다가 물이 빠지면 다시 이 강가 마을로 돌아왔다. 지금의 자전거도로 바로 옆자리이다. 이 5,000년을 달력의 개념으로 이해하기란 불가능하다. 그것은 그야말로 강물의 흐름 같은 시간이다. 빗살무늬토기는 그들에게 문화적 전통의 동질성과 사회적 규율이 있었음을 보여준다. 이 자리에서 5,000년이 지난 후에 초기의 백제 문화가 발생한다. 그러니 한강의 기적이란 이 강가에서 벌어진 삶의 지속성을 말하는 것이라야 마땅할 것이다. 강물이 하구에 퇴적층을 만들듯이 삶은 느리게 겨우겨우 변해갔다. 그리고 그 변화는 쉽게 부서지지 않는 것이었다.

몽촌토성은 암사동에서 하류 쪽으로 6킬로미터 떨어진 한강 물가이다. 여기는 휘황찬란한 첨단 문명의 대처였을 곳이다. 사람들은 움막을 버리고 땅 위로 올라와서 지상 건물을 지었다. 깨어진 기와 조각이 나왔고 서까래가 나왔다. 사람들의 집은 우뚝해졌다. 전쟁은 일상화했고, 마을은 성곽에 의지했고, 초소와 망루가 들어섰고, 사람들은 정치 권력에 의한 지배를 의심할 수 없는 운명으로 받아들이기 시작했다. 여기가 온조왕에서 개로왕에 이르는 백제 전기 500년의 한성 거점이다. 암사동마을에서 몽촌마을로 6킬로미터를 옮겨가고, 움집에서 땅 위로 나오는 데 5,000년 이상이 걸렸다. 한강가에서 이것은 느리지도 빠르지도 않게 느껴진다. 한강가에서 진실로 두려운 것은 삶과 시간의 지속성이다. 강물이 그것을 일러준다. 그 지속성 안에서 모든 것이 무너지고 새로 이루어질 것이다. 우리는 이 강가에서 살고 있다. 암사동 사람들과 몽촌 사람들은 자신들의 문명이 언젠가는 고고학적 발굴의 대상이 되리라고는 상상할 수 없었을 것이다.

잠실대교 너머로 대도시의 빌딩들과 교량들은 산하를 압박하면서 가득히 들어차 있다. 암사동 움집 안의 화덕은 문명의 시원始原으로서 순결했고, 이 순결만이 아직도 유효해 보였다. 오늘 자전거는 암사동 마을에서 몽촌마을까지 6킬로미터밖에 가지 못했다. 그러나 먼 길을 달려온 것이다.

한강 강남 쪽 자전거도로

한강의 강남 자전거도로는 40킬로미터이다. 강동구 암사동 상수원 보호구역 앞 강둑에서 시작되는 이 도로는 하류의 김포대교 밑에서 끝난다. 점점 넓어지는 강을 따라서 더 아래쪽으로 내려가고 싶으면 김포대교를 건너 자유로 방향을 따라서 경기 파주군 교하면의 오두산 통일전망대까지 가면 된다. 암사동에서 오두산 꼭대기까지 가면 70킬로미터이다. 자유로 갓길은 자전거꾼에게는 유혹적이지만, 자유로에는 자전거가 들어갈 수 없다. 경찰들이 쫓아낸다. 자유로 아래쪽 논으로 내려가면 일산, 파주 들판의 가장자리를 따라서 오두산까지 가는 직선도로가 있다. 비포장이지만 자전거는 충분히 다닐 수 있고 자동차는 거의 다니지 않는다. 한강의 강북에는 광진구 자양동에서 마포구 망원동 마포대교 밑에 이르는 20킬로미터의 자전거도로가 개통되었다.

한강의 강남 자전거도로는 40킬로미터 구간에 끊어진 곳이 없다. 자동차는 들어올 수 없다. 오르막과 내리막이 없고, 급회전이나 모래 구간이 없어서 초보자도 누구나 갈 수 있다. 강가의 공원마다 매점과

편의시설이 있어서 배낭 없이도 갈 수 있다. 가다가 너무 지치면 유람선을 타고 출발점으로 돌아올 수도 있다. 유람선 선착장마다 수상 카페가 있다. 이 카페의 커피 맛은 훌륭하다. 좋은 와인을 잔술로 판다. 자전거는 오직 몸의 균형만으로 굴러가기 때문에 조금만 취해도 집에 갈 수 없다. 한잔으로 끝내야 한다.

한강에서, 자전거는 상류에서 하류로 물과 함께 흘러내려가야만 강과 서울의 표정을 바르게 읽어낼 수 있다. 암사동에서 김포대교에 이르는 동안 22개의 다리 밑을 지난다. 한강 다리 구간마다 대도시의 풍경과 산세가 바뀐다. 잠실 구간에 이르면 멀리 북쪽 들판 끝으로 도봉산의 선인봉 · 만장봉, 북한산의 백운대 · 노적봉 · 인수봉의 연봉이 모습을 보인다. 산과 강 사이에서 대도시는 너무 커서 산이 쫓겨가는 형국이다.

한강 다리도 건립 연대에 따라서 표정이 다르고 교각 수도 다르다. 1900년 7월에 개통된 한강철교는 꼭 100년이 되었다. 한강의 가장 오래된 다리다. 한강철교의 교각은 콘크리트가 아니라 돌을 쌓아 올렸다. 이 교각은 고전적인 느낌을 준다. 올림픽대교와 서강대교는 현대식으로 멋을 부린 다리다. 서강대교 아치는 강북 쪽에만 설치되었다. 멀리서 보면 대칭이 깨진 상태에서 자유로워 보인다. 새로 생긴 김포대교의 가로등 행렬은 무한감을 준다. 이 무한감은 기하학적이고 도시적이다. 이 가로등에 나트륨등이 켜지는 저녁 무렵에 한강은 바다처럼 넓어 보인다. 동작대교에서 반포에 이르는 구간에는 수천 평의 유채밭과 밀밭이 있다. 작년에 유채를 심었다. 금년 4월에는 강가의 유채가 피어 어지러울 것이다.

여의도에서는 밤섬이 보인다. 한강의 철새들은 저녁이면 다들 밤섬에 모여서 잔다. 비오리는 비오리끼리, 청둥오리는 청둥오리끼리 구획을 이루며 잔다. 서해의 갈매기들이 내륙 깊숙이 날아들어와 암사동 앞 한강까지 와서 논다. 조류학자들에 따르면, 철새들은 해마다 찾아오는 특정 지역에 대한 인상이 유전자 속에 각인된다고 한다. 무서운 추억이다. 추억이 본능이며 생명력인 것이다. 그래서 서울의 한강을 찾아오는 철새의 집안은 수만 년 동안 대대로 이 강을 찾아온다. 새들도 사람처럼 본관을 가져도 괜찮을 것이다. 한강 자전거도로에서는 이것저것 다 들여다보고 가려면 반도 못 가서 날이 저문다.

강물이 살려낸 밤섬

잠실에서 여의도까지

강물에 마음이 홀린 사람이 물을 따라 하류로 내려갔다가 돌아오지 않는 것이 유流이고, 상류로 거슬러올라갔다가 돌아오지 않는 것이 연連이다. 맹자에 나온다. 끝까지 가버린 사람들의 뒷소식은 지금도 알 길이 없다. 물을 따라간 사람들의 실종 사건은 영구 미제다. 그 두려움에도 불구하고, 강은 상류와 하류 양쪽으로 인간을 유혹한다. 상류의 끝은 시원始原이고, 하류의 끝은 소멸이다. 물은 시원에서 소멸 사이를 잇대어가면서 흐른다. 하류의 소멸이 상류의 시원을 이끌어내서, 신생은 소멸 안에 있다. 그러니 흐르는 강가에서 유와 연은 흐르고 싶은 인간의 자기 분열일 뿐, 강물 속에는 다만 진행중인 흐름이 있을 뿐이다.

"흘러가는 것은 저러하구나"라고 공자는 강가에서 말했다. 흘러가는 것은 그러하다. 젊은 날에는 늘 새벽의 상류 쪽으로 가고 싶었지만, 이제는 강물이 바다로 흘러드는 하류의 저녁 무렵이 궁금하다. 자전거는 하류로 간다. 하류의 끝까지 가겠다. 거기서 새로운 시원과 만날 수 있다면 우리는 맹자의 책을 덮어두어도 좋을 것이다.

잠실 구간에서부터는 강의 양쪽 들판으로 공룡 같은 세속 도시의 수직구조물들이 가득하다. 한강은 족쇄에 채워져 인간 앞에 무릎을 꿇은 공룡의 표정으로, 이 공룡 같은 대도시의 한복판을 기어서 통과한다. 이긴 공룡은 우뚝우뚝 서 있고, 진 공룡은 바닥에 엎드려서 흐른다. 이제 한강은 굽이치지 못하고 한강은 여울지지 못한다. 한강은 산모퉁이를 허물어내지 못하고 들판을 적시지 못하고, 굽이침의 저쪽 물가에 반짝이는 모래톱을 키우지 못한다. 상류는 수많은 댐으로 막혔고 도심 구간의 유역은 콘크리트 둑방으로 막혔다.

잠실 구간에서 한강의 표정은 동물원 우리에 갇힌 맹수가 구경 온 사람들을 구경하는 표정과 닮아 있다. 중생이 병들어서 강이 또한 아프니, 이 강은 유마維摩의 강이다. 이 강에 가해진 억압의 총화가 서울이 건설한 문명이고 진보일 수도 있겠지만, 진실로 눈물겨운 것은 이 강의 부자유가 아니라, 그 부자유의 유역을 씻어내리며 기어이 흘러서 바다로 가는 이 강의 생명이다.

강은 아직도 겨울이면 시베리아로부터 새들을 불러들인다. 새들은 영동대교 교각 밑동 시멘트 바닥 위에 모여 앉아서 강 건너 대도시의 수직구조물들을 바라보고 있다. 새들이 시멘트가 좋아서 그 먼 길을

서울 도심 구간의 한강

63빌딩에서 김포 쪽으로 앵글을 잡았다. 도심 구간에서 강은 겨우겨우 흐른다.
한강은 우리에 갇힌 맹수와도 같았다.

날아오는 것인지 알 수 없고, 새들의 눈에 비친 이 대도시의 의미 내용이 무엇인지 알 수 없으나, 이 강은 아직도 새들이 긍정할 만한 그리움을 키우고 있는 모양이었다. 대륙을 건너온 새들의 가슴은 힘세 보였다. 새들이 이 강가에서 벌어진 인간의 역사를 긍정할 리 없으나, 그 가슴속에서 한강의 추억은 피와 함께 순환되고 있을 것이었다. 날갯짓으로 겨울의 대륙을 건너가는 여정은 멀고도 험했으나, 그리움을 피로 순환시키는 그것들의 목숨은 감미로워 보였다.

강은 바다를 내륙 깊숙이 끌어들여, 바다가 하구로 밀려드는 만조 때 한강은 워커힐 앞까지 부풀어오른다. 바다의 갈매기들이 역류하는 소금기를 따라 압구정동 앞 강까지 거슬러올라와서 끼룩거린다. 호기심 많은 갈매기들은 폐허에 흩어진 낱알을 추스르는 고고학자처럼, 이 번쩍이는 세속 도시의 한복판 강물 위에서 먹이를 쪼고 있는데, 압구정동狎鷗亭洞은 그 이름처럼 본래가 내륙 깊숙이 날아오는 갈매기들의 놀이터였다.

잠실 구간에서는 도봉산 선인봉이 우뚝하고 서강 구간에서는 북한산 노적봉이 우뚝하다. 이제, 산들의 신성神聖은 세속 도시의 변방으로 밀려나 아득히 멀다. 빌딩의 들판 맨 가장자리에서 선인봉의 골세骨勢는 단호하고 가팔라서 가히 신성이 깃들 만한 위엄을 보이는데, 그 걸출한 봉우리는 늘 신기루처럼 도시의 스모그 속에서 어른거리고, 산은 더이상 상징의 힘으로 인간의 마음에 간여하지 않는다.

이 산과 강이 조선 개국의 엘리트 정도전鄭道傳, 1337~1398이 설정한 세계의 중심 축선軸線이었고, 산과 강 사이의 서울 들판은 그의 유토피아였다. 그가 불佛에서 유儒로 세상을 전환시킬 때 그는 새로운 삶을 안아줄 상징체계를 산과 강에 의탁했던 것인데, 그의 상징체계 속에서 삶은 강처럼 흘러서 새롭고, 산처럼 우뚝해서 영원할 것이었고, 그 수평과 수직이 교차하는 십자로가 정치 권력의 자리였다. 그의 유토피아에서 상징은 현실과 구별되는 것이 아니었다.

도심 구간에서 한강은 상징과 결별한 들판을 흐른다. 서울의 스카이라인은 수직구조물들의 외곽선만으로 이루어지지 않는다. 서울은 시카고가 아니고 뉴욕이 아니다. 서울의 스카이라인에는 빌딩의 외곽선이 끝나는 구간마다 산의 능선들이 나타난다. 상징은 스모그 속에 어른거리지만, 더이상 작동되지 않는다. 육안으로 파악할 수 있는 서울의 가시적 표정은 없다. 여기는 누구의 고향도 아니다. 서울은 어떻게 생긴 마을인가. 태백산맥이 육안으로 보이지 않듯이 서울은 보이지 않는다. 이제 산의 높이는 다만 숫자로 표시되는 해발고도일 뿐이다.

가시적 풍경 속에서, 강북 쪽에서는 남산타워가 가장 높고 강남 쪽에서는 63빌딩이 높다. 이 높이는 성聖과 결별한 속俗의 높이다. 그럼에도 불구하고 63빌딩은 하늘을 향해 합장한 거대한 손의 모습으로 다가오고, 남산타워는 찌를 듯이 높은 곳을 가리키고 있다. 세속 도시에도 기원할 일들은 남아 있는 모양이다. 그것들은 그것들이 몰아내버린 상징의 부활을 기원하는 것 같았다. 누구의 고향도 아닌 이 강가가 당신들의 고향이다. 여의도를 지나서 강물은 느릿느릿 하류 쪽으로 간다. 한강가에서 자전거의 속도는 강물처럼 느리다.

밤섬의 역사

밤섬은 여의도 개발의 제물이 되어, 1968년 2월 10일에 폭파되었다. 여의도 북쪽 기슭을 압박하는 강물의 흐름을 거세하기 위한 대수술이었다. 한강의 수만 년 흐름은 1968년에 바뀐다. 단군 이래 최대의 토목공사가 벌어졌다. 여의도에 윤중제가 건설되었고 한강 강변도로와 마포대교가 착공되었다. 폭파와 건설은 군사작전처럼 전개되었다. 밤섬을 헐어내서 윤중제를 세우는 공사는 매스컴의 요란한 축복 속에 5개월 만에 끝났다. 불도저와 굴착기의 시대였고, 당시 서울시장 김현옥金玄玉은 그 개발 에너지의 신화적인 정상이었다. 그는 이 토목공사를 '한강정복사업'이라고 불렀다. 그는 한강변에 임시 시청을 차려놓고 공사를 진두지휘했다. 밤섬 폭파에 즈음하여 그는 자작시 한 편을 발표했다. "여기 한강 여의도에 우리의 지혜 열정 의욕 희망, 그리하여 우리의 혼마저 뭉쳐 있다"라는 그의 시는 한강 정복을 위한 출정의 노래였다. 이 출정가는 영문으로 번역되어 외국 언론기관에도 배포되었다.

밤섬에 사람이 거주한 역사의 기원은 확실치 않다. 조선시대에는 국가가 경영하던 목장이 있었다. 섬 주민들은 누에치기, 어업, 조선업을 생업으로 삼았다. 마포 쪽으로 나루를 내어 뭍을 드나들었다. 김정호金正浩는 『대동지지大東地志』에서 "밤섬은 전체가 수십 리의 흰 모래밭이다. 주민들은 매우 부유하고 번창하다"라고 기록했다. 그와 거의 동시대의 대사헌 김재찬金載瓚, 1746~1827은 밤섬의 삶의 풍경을 "밭 가운데서도 조개를 캐고, 울타리 아래로 배가 닿는구나"라고 노래했다.

밤섬은 강물 속의 섬이다. 내륙이면서도 육지가 아니다. 뭍과 매우 가깝지만, 알맞게 떨어져 있다. 밤섬은 적당한 격리감으로 아늑하다. 이 거리가 삶을 윤택하게 하고 풍속을 자유롭게 했던 모양이다. 『명종실록』에는 "밤섬의 사람들은 홀아비나 과부가 생기면 따로 혼처를 구할 필요 없이 동거하는 것을 수치로 생각하지 않는다. 배를 타고 강물을 건너 섬을 드나들 때 남녀가 서로 껴안는다"라고 기록되어 있다.

밤섬이 폭파되자 이 아름다운 섬의 후손 400여 명은 섬을 지켜주던 수호신의 사당을 앞세우고 마포구 창전동으로 이주했다. 섬은 새들의 마을이 되었다. 높은 곳이 모두 깎여나간 섬은 이제 홍수 때마다 물에 잠긴다. 상류에서 흘러내려온 퇴적물들이 이 섬에 쌓여서 섬의 토양은 새로운 활기를 찾아간다. 새들의 땅은 비옥해져가고 있다. 사람이 때려부순 섬을 흐르는 강물이 살려내고 있다.

한강의 자유는 적막하다

여의도에서 조강까지

여의도를 지나면 강폭은 넓어지고 도심은 멀어진다. 멀어지는 도심의 벌판 너머로 서울의 산세는 겨우 드러나는데, 이 강과 산줄기 전체를 한눈에 보려면 김포에 가까운 강서구 개화동 쪽으로 훨씬 더 내려가야 한다. 행주대교 쪽 하류에서 한강은 도심 구간을 뒤로 밀쳐내면서 산들의 능선을 잇달아 회복한다.

상류에서 본 서울의 산은 멀고 우뚝하지만, 도심을 빠져나가면서 하류 쪽에서 바라본 서울의 산은 도시를 동서로 출렁거리며 길어진다. 하류로 내려갈수록 강 건너의 산들은 점점 커진다. 산들은 커지면서 흐름을 다하는 벌판 끝 쪽으로 수그러진다. 사람의 시야 속에서 그 산들은 멀어질수록 커지고, 커질수록 순해진다. 그것은 한바탕의 완연한 구조와 체계를 갖춘 산세다. 멀어져야 비로소 완연해지는 산이 사람에게로 다가온다. 그것은 움직이는 산이다. 움직이는 산이 사람에게로 다가와 사람의 마음속에서 새롭게 자리잡는다. 그렇게 해서 산하는 그것을 바라보는 자의 생애의 일부가 된다.

그래서 한강 하류를 자전거로 내려갈 때, 사람은 원근과 방향에 대한 환각에 빠지기 십상이다. 가까웠던 것들이 빠져나간 자리에서 먼 것들이 가까워진다. 이 환각 속에는 물리적 원근감에서 풀려난 자유가 있다. 김포대교를 지나서 강이 자진自盡하는 김포반도의 끝 쪽으로 가면, 산이 사람의 마을을 거의 가려서 서울은 첩첩산중의 무인지경으로 보인다. 거기서 강은 사람의 마을로부터 풀려나 산과 직접 마주 대하는데, 그 산 너머의 보이지 않는 마을에서는 디젤을 태워서 겨울을 나는 도시의 스모그가 피어오른다.

겸재 정선謙齋 鄭敾, 1676~1759의 화첩 속에서 서울과 한강에 대한 그의 사랑은 매우 중요한 부분을 이룬다. 겸재는 한강 물줄기를 따라 내려가면서 물과 산이 조화를 이루는 곳에서 수많은 그림을 남겼다. 그의 한강 화폭을 상류에서부터 점검해 내려오면 다음과 같다.

▲경기 남양주군 조안면 능내리 물가—남한강·북한강의 합수머리와 그 너머의 예봉산 ▲경기 광주군 남종면 분원리 물가능내리의 강 건너 맞은편—용문산·검단산의 산세 ▲미사리 요트경기장 부근의 물가—강 건너 와부마을의 숲과 서원 ▲광나루—워커힐 뒤쪽 아차산의 모습과 그 산 밑 마을 ▲송파나루—남한산성과 청량산의 산세. 삼전도비 주변 마을 ▲압구정동 앞 한강—강 너머 성동구 옥수동·금호동마

을과 그 너머의 서울 산세 ▲강서구 가양동 벽산 아파트 뒤 올림픽대로변의 궁산(이 자리에서 겸재는 많은 그림을 그렸다)－여기서 본 남산의 일출, 궁산 앞 강과 서대문 쪽 안산의 모습, 한강 물 속의 바위, 강북 쪽으로 펼쳐지는 북악·인왕·낙산·안산의 잇단 풍경, 절두산 쪽으로 성산대교와 양화대교 사이의 산세, 행주산성 부근의 풍경 등이다. ▲강서구 방화 2동 개화산 위에서 본 한강－임진강과 만나 서해로 흘러드는 먼 강과 먼 산의 풍경 ▲방화 2동 개화산 개화사－강과 산과 절의 풍경. 개화사는 지금 약사사로 이름이 바뀌었으나 위치는 그대로다(이 그림들은 간송미술관 최완수 연구실장이 펴낸『겸재 정선 진경산수화』속에 들어 있다. 겸재의 시선이 머무르던 위치와 시선의 방향까지도 모두 그가 오랜 답사와 고증 끝에 밝힌 것이다). 겸재의 거점들은 거의 대부분이 한강 강남 자전거도로 선상이나 그 주변에 있다.

겸재는 64세부터 5년 동안 한강 하류 강남 쪽 마을인 양천陽川 현감을 지냈다. 지금의 강서구 가양동의 한강 물가 쪽 마을이다. 그가 서울과 한강을 바라보면서 한강 화폭들을 완성했던 궁산75미터은 올림픽대로에 한 모퉁이가 잘려나갔다. 자동차들은 무인 감시 카메라가 없는 이 구간을 총알처럼 달린다. 자전거도로에서 올려다보면 이제 궁산은 도로변의 무의미한 흙더미처럼 보인다. 그러나 이 별것도 아닌 흙더미 위에 올라가서 보면 한강 북쪽의 서울 산은 겸재의 화폭을 따라 흐른다.

겸재 화폭의 산하는 사람을 압도하지 않는다. 그의 화폭에서 서슬

푸른 이념적 긴장의 가파름은 보이지 않는다. 그의 화폭은 인간 너머를 지향하고 있지 않다. 추사 김정희秋史 金正喜, 1786~1856는 겸재의 이 편안함을 한없이 경멸했다. 추사의 경멸에도 불구하고 그의 화폭은 인간의 안쪽이고, 인간의 마음속에 조화롭고 아름답게 자리잡은 산하다. 이제 서울의 산들은 겸재 화폭의 운무雲霧를 거느리지 않고 디젤이 타는 스모그에 휩싸여 있다. 스모그 속에서도 산은 여전히 출렁거린다. 이 산하를 다시 사람들의 마음의 화폭 안으로 불러들이는 일은 산하의 일이 아니라 사람의 일일 것이었다.

겸재 화폭 속에서 서해로 흘러드는 한강은 그 아득한 하구까지도 은은히 빛난다. 거기가 북한의 개풍군과 남한의 김포반도 사이를 흐르는 조강祖江이다. 조강에 이르러, 한강은 도심 구간의 억압을 모두 지나서 비로소 강의 자유에 도달한다. 강은 산모퉁이를 휘돌고 모래톱을 키우며 자유파행自由跛行한다. 역사의 부자유를 벗어난 강은 비로소 굽이친다. 확성기가 토해내는 애끓는 분단의 트로트가 자유파행하는 강물 위로 울려퍼지고, 전망대 망원경 구멍으로 강 너머 북한 땅의 인기척 없는 마을을 들여다보는 일본인 관광객들이 "미에루 미에루(보인다)"라고 소리치고 있었다. 초병은 저쪽으로 돌아서 있다.

양천향교는 살아 있다

겸재는 서울과 한강을 여러 방향에서 그렸다. 가장 중요한 자리는 지금의 서울 강서구 가양동 234번지 자전거도로 옆 한강 물가이다.

여기가 궁산이다. 아득한 강 건너로 행주산성을 마주 보는 절경이다. 겸재는 이 마을에서 현감을 지냈다. 관아는 헐리고 향교는 남았다. 이 향교가 양천향교다. 양천향교는 서울 시내의 유일한 향교다. 이 향교는 조선 개국 초기인 1411년에 설치되었다.

양천향교는 대성전 아래로 명륜당, 그 좌우에 동재와 서재를 거느린 전형적인 조선 향교의 구조를 보인다. 동재는 양반집 아이들의 공부방이고, 서재는 평민집 아이들의 공부방이다. 이같은 구별이 조선 사회의 도전받을 수 없는 상식이었다.

지금 양천향교에서는 서울 강서구 화곡동, 가양동, 공항동 지역 어린이 70여 명이 한문을 배우고 있다. 성균관 유학대학원 출신인 한학자 오남주吳男柱씨가 훈장이다. 교과 과정은『사자소학』『천자문』『동몽선습』『명심보감』의 순서다. 7~8년을 계속 공부해서『명심보감』의 한문 문장을 줄줄 외우고 새기는 어린이들도 많다. 학생이 묻고 훈장이 설명하는 개인교수 방식이다. 전국에 향교는 234개소이다. 모두 다 양지바르고 경치 좋은 곳에 자리잡고 있다. 이 향교들이 사회 교육 기능을 완전히 상실한 지는 이미 오래다. 양천향교와 3~4개소의 향교만이 아직도 기능을 하고 있다.

머리카락에 빨간색, 노란색으로 부분 염색을 한 어린이들이『소학』을 외우고 있다. '약고서유 불부동정若告西遊 不復東征'—부모님께 서쪽에서 놀겠다고 말씀드렸다면, 동쪽으로 가서 어정거리지 말아라. '자등고수 부모우지子登高樹 父母憂之'—자식이 높은 나무에 오르면 부모는 반드시 근심한다.

어린이들은 그렇게 단순하고도 자명한 삶의 원리들을 배운다. 공부를 마치면 아이들은 때때로 향교 뒷산인 궁산에 올라가서 논다. 궁산에서는 한강이 앞마당과 같다.

흐르는 것은 저러하구나

조강에서

풍경은 사물로서 무의미하다. 그렇게 말하는 편이 덜 틀린다. 풍경은 인문이 아니라 자연이다. 풍경은 본래 스스로 그러하다. 풍경은 아름답거나 추악하지 않다. 풍경은 쓸쓸하거나 화사하지 않다. 풍경은 자유도 아니고 억압도 아니다. 풍경은 인간을 향해 아무런 말도 걸어오지 않는다. 풍경은 언어와 사소한 관련도 없는 시간과 공간 속으로 펼쳐져 있다.

무위자연無爲自然이라는 말은 광막해서 나는 그 권역의 넓이와 가장자리를 이해하지 못한다. 자연은 쉴새없이 작용해서 바쁘고, 풍경은 그 바쁜 자연의 외양으로 드러나 있다. 무위자연의 '무위'는 그 바쁜 것들에 손댈 수 없고 거기에 개입할 수 없는 인간의 속수무책을 말하는 것으로, 나는 겨우 이해하고 있다.

조강 밀물의 석양

백중사리에 조강의 밀물은 산맥을 압박한다.
강 건너가 북한 땅 개풍군 조강마을이고 강 이쪽이 남한 땅 김포시 조강마을인데,
그 사이로 군사분계선이 지나가서 지금 조강은 무인지경이다.
노을과 바람과 밀물과 썰물이 이 인적 없는 강을 드나든다.

흐르는 강물을 들여다보면서 공자는 말했다.

"흐르는 것은 저러하구나."

'저러하다'니, 어떠하다는 말인가. "저러하구나"라는 말은 '흘러가는구나'라는 말처럼, 나에게는 들렸다. 그래서 공자의 말은 동어반복이다. 동어반복은 하나마나한 말인가. 아마도 그렇지는 않을 것이다. 나는 공자의 그 말을 읽을 때마다 언어를 버리거나 언어를 넘어서려는 성인의 조바심을 느꼈다. 흐르는 물가에서, 성인은 언어와 자연 사이의 위태로운 경계에 당도한 것이다.

그 경계에서, 공자는 자연을 상대로 인간의 언어로 말을 걸기보다는 언어를 풀어서 놓아주고 곧바로 자연 쪽으로 건너가고 싶었던 모양이다. 그러나 공자는 끝끝내 언어를 버리지 못한다. 공자는 그 경계를 넘어가지 않고, 다시 인간의 안쪽으로 시선을 돌리는데, 그 부자유한 한계 안에서 공자는 아름답다. 시선을 거두어 안쪽으로 향한 공자가 "저러하구나"라고 말할 때, 그 말은 자연 쪽으로 건너가려는 자의 말이 아니라, 자연을 인간 쪽으로 끌어들이려는 자의 독백처럼 들린다.

"산에는 꽃 피네, 꽃이 피네"

라고, 김소월이 그 단순성의 절창으로 노래할 때도, 그 노래는 말을 걸 수 없는 자연을 향해 기어이 말을 걸어야 하는 인간의 슬픔과 그리움의 노래로 나에게는 들린다. 아마도 그것이 모든 서경시敍景詩의 운명일 것이다.

풍경은 인간에게 말을 걸어오지 않지만, 인간이 풍경을 향해 끝없이 말을 걸고 있다. 그러므로 풍경과 언어의 관계는 영원한 짝사랑이고, 언어의 사랑은 짝사랑에서 완성되는데 그렇게 완성된 사랑은 끝끝내 불완전한 사랑이다. 언어의 사랑은 불완전을 완성한다.

대중가수 이태원은 〈솔개〉라는 노래에서 "우리는 말 안 하고 살 수가 없나. 날으는 솔개처럼"이라고 노래했다. 그 노랫말은 한동안 나를 괴롭혔다. 오랜 마음고생 끝에 내가 도달한 결론은 이렇다. 우리는 말 안 하고 살 수가 없다. 우리는 날으는 솔개가 아니다. 공자도 흐르는 물가를 말 안 하고 지나치지는 못했다. 그러나 "저러하구나"라는 한 마디로 사태를 정리하고 수다를 떨지 않는 성인의 압축능력은 얼마나 복된 것인가. 나에게는 그런 복이 없다.

같은 노을에 물드는 남·북의 조강마을

조강祖江은 여러 강들의 통합으로서 깊고 크다. 넓고 느리게 흘러서 일몰의 서해로 나아간다. 한반도 중부 내륙의 모든 수계水系는 조강에서 합쳐져 소멸한다. 남한강과 북한강을 합쳐서 내려온 한강은 김포들판의 북단에 이르러 임진강과 만난다. 거기까지 흘러온 임진강은 이미 한탄강과 그 유역의 모든 수계를 이끌고 가득 차 있다. 크고 넓은 강들이 합쳐지는 자리에는 만남의 흔적이 없다. 강들은 본래 그러한 것처럼 만난다. 거기서부터 조강은 강화도 북단과 개풍군 남단 사이로 유로流路를 열면서 서해로 나아가다가 다시 개성에서 내려오는

도라산역의 젊은 헌병들

경의선 도라산역은 미래의 국경 관문의 기능을 모두 갖추었다.
출입국 심사대, 통관대, 수화물 검사대를 설치했고 평양행, 신의주행 플랫폼을 만들었다.

예성강을 끌어들인다.

하구의 조강은 물이 아니라 시간의 모습으로 바뀌어가면서 바다에 닿는다. 강이 바다로 다가갈수록, 거기까지 따라온 산들은 낮고 멀어져서 일몰의 조강은 광막한 소멸의 정서 속에서 아득하다. 강들은 이 헐거운 시간과 공간 속에서 소멸하는데, 먼 물들이 다시 이 하구로 당도하는 것이어서 조강은 모든 물들의 만남이고 해체이며 신생이다. 이 소멸의 하구는 다시 모든 수계들의 먼 상류 쪽 시원을 끌어당겨 바다에 이르게 한다. 여기는 내 분단조국의 멱통이다.

밀물에, 조강은 깊숙이 밀린다. 서해의 밀물은 강을 가득히 채우며 달려들어, 거대한 강물이 더 큰 바닷물에 밀려나면서 강은 거칠게 뒤챈다. 산의 아랫도리가 물에 감기고 모든 수계는 상류까지 부풀어 숨차다. 밀물의 조강에서는 바닷물의 압박으로 숨을 몰아쉬는 강물의 헐떡거림이 들린다.

썰물에, 조강은 가쁜 숨을 길게 내쉬듯이 바다로 내닫는다. 강의 숨결이 낮고 멀어질 때, 상류의 수계들은 숨통이 열려가는 하구로 달려든다. 물이 몰려간 먼바다 쪽으로 젖어서 빛나는 저녁의 개펄이 드러나고 저녁 개펄은 빛으로 가득 찬다.

조강의 그믐사리는 새벽에 만조를 이룬다. 그믐사리가 지나면 물의 대고조大高潮는 점점 늦어져서 조강의 보름사리는 석양 무렵에 만조를 이룬다. 그 큰 강의 관능은 시간과 교접한다. 그때, 강은 밀려들고 몰려나가는 물의 소리로 수런거리는데, 그 소리는 인간의 감성으로 해

철조망 너머

남쪽의 철조망 너머로 북쪽의 선전마을은 늘 인기척이 없다.
자유로를 따라 파주의 북쪽으로 나아가면 넓어지는 강 건너편으로 북쪽의 빈 마을들이 펼쳐진다.

독할 수 있는 소리가 아니다.

만조의 강이 숨을 뒤챌 때, 그 소리는 모든 소리가 동시에 뒤섞여버리는 백색의 잡음이다. 그 소리는 아무런 스펙트럼을 이루지 않고, 어떠한 음의 권역에도 속하지 않는다. 그 소리의 질감과 표정은 인간의 언어나 미의식의 영역에 속하지 않는다. 그 소리는 사람의 목소리와 악기의 소리와 짐승의 소리에 길들여진 인간이 듣기에 무의미하고 무표정하고 무계통하고 무정형하다. 그 소리는 혼돈의 밑바닥에서 울리는, 무서운 소리다. 보름사리의 조강에서 그 소리는 낡은 시간이 물러나고 새로운 시간이 세상으로 밀려오는 소리다. 이 하구는 내 분단조국의 서부전선이다.

산하는 거기에 얼룩진 역사의 표정을 신속히 지우고, 산맥은 봄마다 새잎으로 덮인다. 보름사리에 조강 물 수런거리는 소리는 적막의 소리다. 그 소리에는 역사의 찌꺼기가 묻어 있지 않다.

그러나 저무는 조강에서는 산하가 모조리 지워버리고 남은 그 적막이 오히려 역사의 표정처럼 보인다. 조강진祖江津은 김포군 월곶면 조강리와, 강 건너 개풍군 조강리를 잇는 내수면 뱃길이다. 강심을 따라 휴전선이 그어졌고, 같은 이름을 가진 나루터의 두 마을이 강을 사이에 두고 남북으로 마주 보고 있다. 한강 하구에 군사분계선이 획정되자 나루는 사라졌고, 물가의 주민들은 소개되었다.

고려 초에서 조선이 끝날 때까지 조강진은 번창한 나루였다. 전국에서 걷히는 세곡의 거의 대부분은 서해의 뱃길을 따라 조강나루로

운송되었다. 조강나루에 쌓인 세곡은 다시 한강을 거슬러 서울로 가거나 예성강을 거슬러 개성으로 갔다. 조강은 조수가 사나워 썰물이면 배들은 강을 거슬러오르지 못했고, 밀물이면 바다로 나아가지 못했다. 조강나루는 날마다 물때를 기다리는 선단들로 장관을 이루었고 주막과 여인숙과 짐꾼 들로 북적거렸다.

조강은 지금 적막하다. 조강은 태초의 적막으로 돌아갔고, 인간이 해독할 수 없는 자연의 백색 음향이 물살을 따라 밀리고 쓸린다. 날마다 강화 쪽으로 해가 저물어, 북쪽 조강마을과 남쪽 조강마을이 같은 노을에 물들고, 젊은 초병들이 마주 서서 노려보고 있다.

일산에서 떠난 자전거는 느리게 북상했다. 자전거는 불과 너댓 시간 만에 이 하구에 닿는다. 자전거는 더이상 나아가지 못한다. 거기는 일산에서 아주 가까운 곳이다.

고기 잡는 포구의 오래된 삶

김포 전류리 포구

김포반도는 동쪽으로 한강 하구에 닿고 서쪽으로는 염하를 경계로 강화를 마주 대하는데, 북쪽은 조강 너머로 북한 땅 개풍을 건너다본다. 넓은 강과 좁은 바다로 둘러싸인 반도의 물가에는 작은 포구와 나루들이 촘촘히 박혀 있었으나 종전 직후 조강의 강심을 따라 군사분계선이 그어지자 반도 북쪽의 포구와 나루는 폐지되었다.

지금 김포반도의 한강 연안 쪽 어장은 김포시 하성면 전류리 포구가 최전방이며 최하류이다. 넓은 강 건너편으로 자유로를 질주하는 자동차들과 출판단지의 세련된 건축물과 일산 신도시의 고층빌딩들이 바라다보이는 이 작은 포구에서 한강 하구의 전통어업은 살아 있다.

한강의 어로저지선은 전류리 포구 아래쪽으로 200미터 내려간 강물 위다. 거기에 월선 금지를 알리는 부표가 떠 있다. 이 어장의 밀물과 썰물은 한반도 남쪽에서 가장 깊이 밀고 멀리 썬다. 강은 넓고 어장은 좁은데, 좁은 어장의 물은 거칠어 어로는 힘겹고 어획은 영세하지만 고기 잡는 포구의 오래된 삶은 끈질기다.

전류리 포구는 어선 19척, 어민 가구 10여 호로 한강 어촌계 소속의 전류리 선단을 이룬다. 이 포구보다 하류 쪽 조강포, 신리포, 마근포, 시암리, 후평리 어장은 종전 직후에 모두 폐지되었다. 어민들은 흩어져갔거나 1톤 미만의 동력 없는 목선을 끌고 전류리 포구로 옮아왔다. 분단시대의 한강 어업 최전방기지는 일산 시가지와 김포 시가지 사이에 낀 이 한강 하구의 전류리 포구다.

전류리 선단의 어선들은 0.5톤에서 5톤 사이의 배들이다. 작은 배는 바다에서 올라오는 고기를 잡고 큰 배는 가을에 새우를 잡는다. 이 강물 위에서 어선들은 모두 가로 1미터, 세로 1미터 넓이의 빨간 깃발을 달아야 한다. 이 깃발은 강안을 지키는 초병들과 포구에서 200미터 떨어진 저지선 쪽으로 나아가는 어선들 사이의 신호이며 식별의 장치다. 어선들은 200미터 안에서 고기를 잡는다.

이 하구의 물은 하루에 두 번, 3시간씩 계속 밀고 9시간씩 계속 썬다. 바다의 조수는 진퇴를 반복하면서 밀고 썰지만, 전류리 포구 앞 강물은 3시간을 잇달아 상류로 치닫다가 9시간을 하류 쪽으로 쏟아져 내려간다. 역류와 순류가 교차되는 순간, 강물은 10여 분 기름처럼 고요해져서 미동도 하지 않는다. 전류리 어부들은 이 적막의 순간을 '참'이라고 부른다. '참'은 격랑을 예비하는 정적이다. 강물 위에서 '참'을 맞을 때 어부들은 다시 거꾸로 달려드는 물살이 무서워서 배의 방향을 돌려놓는다. 치고 올라갈 때 물은 '곧게 일어서서' 달려드는데, 역류하는 물은 서울 강남구 압구정 밑까지 압박한다. 다시 강이 흐름을 거꾸로 돌려 바다를 향할 때 상류에 갇혀 있던 강물은 한꺼번에 이 하구를 향해 쏟아져내려온다. 전류리는 한자로 '顚流里'라고 쓴다. 강물이 거꾸로 뒤집혀 흐르는 마을이라는 뜻이다.

전류리 선단의 어선들은 이제 목선은 거의 없고 대개가 섬유강화플라스틱FRP 배들이지만, 동력은 30마력을 넘지 못한다. 0.5톤~1톤의 작은 배들은 15마력짜리 스즈키엔진 1개를 꽁무니에 달았고 그보다 큰 배들은 30마력을 쓴다. DMZ가 지척인 이 어장에서는 30마력 이상의 동력은 허가되지 않는다. 전류리 어부 심상록씨(66)에 따르면, 어선에 동력 부착이 허용된 것은 3년 전부터다. 그 이전까지 이 어장의 모든 배들은 오직 어부의 몸으로 노를 저어서 이 사나운 물 위로 나아갔다.

17세 때 뱃일을 시작한 심씨는 50년 가까이 이 하구에서 동력 없는 배에 노를 저어서 고기를 잡았다. 혼자서 노를 젓고 투망까지 할 때도 있었다고 한다. 보름사리와 그믐사리에 물은 가장 사납다. 간만 차 9미터 정도의 흔한 사리가 쪽사리다. 9미터를 넘으면 악사리이고, 그보다 더 심하면 대사리이며, 7월 백중사리는 대대사리다. 바다의 고기들은 악사리, 대사리, 대대사리 때 역류하는 물을 따라 이 하구로 몰려온다. 그래서 심씨는 지금도 물이 거친 날 새벽에는 더 일찍 일어

전류리 포구의 어부들

전류리 포구는 한강 최하류의 어장이고 분단시대 내수면 어로의 최전방이다.
어로저지선 200미터 안에서 아직도 전통어업의 삶은 이어지고 있다.

전류리 선착장 끝에 멈춘 자전거

사리 무렵의 밀물이 서서히 닥쳐와 강물은 뒤채기 시작했다.
이 밀물은 압구정까지 압박한다.

나 2.5톤 배를 끌고 강으로 나아가 이제 어종이 말라가는 강에 그물을 던진다.

전류리 선단의 한양1호0.45톤 · 목선 · 15마력 주인 우제경씨(62)는 조강 너머 장단에서 피란 내려온 어부다. 그는 이 마을 처녀와 결혼해서, 강에서 고기를 잡으며 살고 있다. 조금 때는 고기가 많이 오지 않는다. 고기가 오지 않는 날 그는 가끔씩 가족들을 데리고 강 건너편 오두산전망대나 파주 쪽 도라산전망대에 올라간다. 거기서는 그의 고향 장단의 덕물산과 그 언저리 고향의 평야가 보인다. 고향을 보고 내려와서 그는 다시 고기가 말라가는 강으로 배를 몰고 나아간다. 젊었을 때는 배가 빠질까 무서워서 잡은 고기를 버리고 포구로 돌아올 정도로 어획량이 많았다고 그는 회상했다. 상류 쪽에서 김포대교, 행주대교, 일산대교를 건설하면서 토사가 밀려내려와 강심에 쌓이고 하류의 오염이 극심해서 어장은 메말라간다고 그는 신음처럼 중얼거렸다. 그러면서도 그는 한사코 이 어장을 '황금어장'이라고 불렀다.

"보리가 팰 무렵에 웅어가 올라오고 철쭉이 피면 황복이 올라온다. 실뱀장어, 송어, 깨나리, 참게, 새우가 철마다 나오고 민물고기와 바닷고기가 모두 모인다. 물범도 살고 있다. 마릿수가 적어지기는 했지만 모두들 모여든다. 여기는 본래 고기의 천국이다"라고 그는 말했다. 저녁 무렵에 포구에 닿은 그의 0.45톤 목선에 올라가 어창을 열어보니 잔물고기 대여섯 마리가 퍼덕거리고 있었다. 노량진수산시장에서 온 상인이 앉은뱅이저울에 그의 고기를 달아서 사갈 때, 강 건너 일산

신도시 쪽으로 러브호텔, 카바레, 나이트클럽, 룸살롱, 카페, 아파트, 교회, 사찰에 저녁 불빛이 켜졌다.

횟감의 으뜸은 한강 '웅어'

한강 하구 내수면 어업은 웅어의 포획량과 함께 쇠락해갔다. 웅어는 4~5월에 한강 하구로 올라와 알을 낳는 회유성 물고기다. 김포, 교하, 고양의 한강으로 올라왔고, 멀리 올라가는 놈들은 행주나루나 개화산 앞강까지 왔다. 맛이 달고, 향기는 흐릿해서 입안에 스민다. 씹히는 질감은 가볍고 삼키고 나면 뒷맛이 투명하다. 웅어는『자산어보』에 횟감의 으뜸으로 모셔져 있다. 조선시대에는 대궐에서 나온 말탄 관리들이 웅어를 몰아갔다. 강가에 웅어를 잡는 전담 관청위어소을 설치했고 강변고을 수령들이 백성을 부려서 웅어를 잡았다.

큰 놈은 몸길이가 30센티미터가 넘는다. 몸매는 날카롭고 뒷지느러미가 길어서 물을 거스르는 장거리 여행에 알맞다. 주둥이 위쪽에 긴 가시가 돌출해 있다. 이동할 때는 가시를 뺨에 붙이고, 멈추어 쉴 때는 이 가시를 모래나 뻘에 박는다. 배의 닻이나 마찬가지다. 갈대숲에 알을 낳고 한동안 거기에 머문다.

옛글들은 웅어를 위어葦魚라고 적기도 한다. '葦'는 갈대다. 웅어는 오염된 물에서는 살지 못한다. 깨끗한 물이라도 맑아서 들여다보이는

웅어의 긴 수염은 배의 닻과 같은 기능을 갖는다.

물에서는 살지 못한다. 웅어는 깨끗하고 또 흐린 물에서 산다. 그래서 한강 하구는 웅어의 낙원이었다. 웅어는 임금이 계신 곳을 그리워한다는 전설이 있다. 물고기의 생애에 이런 정치적 배경이 형성되는 이유는 알 수 없다. 아마도 기어이 한강 하구를 거슬러 서울 쪽을 향하는 생리 때문에 이런 전설이 비롯되었을 것이다. 5월은 웅어잡이의 철이다. 지금 한강 하구 전류리 포구에서 웅어는 이따금씩만 잡힌다. 이 귀한 고기의 맛을 도시 사람들이 알 리 없어 포구에서 거래되는 웅어 값은 스무 마리 한 두름에 이만원이다.

전환의 시간 속을 흐르는 강

양수리에서 다산과 천주교의 어른들을 생각하다

수종사水鍾寺는 경기도 남양주시 조안면 송촌리 운길산610미터 중턱의 절이다. 절은 마을에서 멀지 않지만, 절로 올라가는 길 주변은 산이 높고 숲이 우거지고 골은 가파르다.

수종사 마당에서 산하는 크게 열린다. 산하는 보이지 않는 먼 곳에서 굽이치며 다가와 다시 보이지 않는 먼 곳으로 흘러나간다. 내륙의 산악과 평야를 파행으로 흘러온 남한강과 북한강이 눈 아래서 합쳐지고, 거기까지 강을 따라온 산맥들이 다시 여러 갈래로 모이고 흩어져 하구를 향하는 대오를 갖춘다. 어디서부터 몰려오는 것인지, 산맥들의 대오는 푸르고 강성해서 하늘 밑을 가득 출렁대는데, 그 푸른 기세의 먼 변방으로 낮은 봉우리들을 거느리고 품어서 자애롭다.

강과 강이 만나는 숨결은 낮고 또 넓다. 만날 때, 강들은 멀리서부터 그 흐름의 숨결을 고르면서 들에 낮게 깔려 넓은 유역을 적시며 다가온다. 그래서 강물이 만날 때, 강물은 합치되 부딪치지 않는다. 강물은 소리도 없이, 흔적도 없이, 구획도 없이, 합쳐서 하나를 이룬다. 양수리에서 합쳐진 물은 서쪽으로 커다랗게 방향을 틀면서 바쁘게 출렁거리는 산맥의 먼 언저리를 돌아서 바다를 향한다. 강물은 합쳐서 새로운 전환을 이루되, 먼 발원부터의 흐름과 귀순하는 지류들의 시원을 모두 거느리고 나아간다. 그것이 강들의 전환이다.

수종사 절 마당에서 내려다보면 청평 쪽에서 내려오는 북한강과 여주를 돌아나온 남한강이 양수리 서쪽 끝에서 만나고 강 건너 광주 쪽에서 흘러오는 경안천이 팔당호에 와 닿는다. 정다산1762~1836의 고향이며 유택인 조안면 능내리는 물 쪽을 향해 돌출해 있고 그 강 건너편 물가에서 조선백자관요가 들어서 있던 광주시 퇴촌면의 낮은 산들이 대안을 향해 조산朝山을 이룬다. 퇴촌의 산들 사이를 우산천이라는 개울이 흘러서 경안천에 합쳐져 팔당호에 닿는데 이 우산천의 상류, 앵자산 아래가 한국 천주교의 발상지인 천진암이다.

정다산은 강물이 합쳐져서 더 큰 흐름을 이루며 미래를 향해 전환하는 이 두물머리 물가에서 태어나 유년과 소년기를 보냈다. 그는 멀고도 오랜 유배로부터 다시 이 물가로 돌아와 여생을 마쳤고, 그 물가에 묻혔다. 역사의 전환을 향해 치열한 모색과 실천의 길로 나아갔던 그가 이 두물머리 전환의 물가에서 태어나고 또 돌아와 묻히는 운명은, 그의 생애 속을 흘러가는 거대한 강의 풍경을 떠오르게 한다. 그

두물머리의 산하는 출렁이며 흘러간다.
남한강과 북한강은 다산 고택 앞강에서 만나 더 큰 전환을 이루며 서울을 향한다.

는 마을 앞을 흐르는 강을 지극히 사랑하여 한강의 별칭인 열수를 자신의 호로 삼았다. 그는 여러 가지 호를 썼지만 노년에 스스로 작성한 묘지명에는 '열수'를 자신의 호로 썼다. 열수는 본래 강 이름이지만 그는 자신의 물가마을도 '열수'라고 불렀다.

수종사 절 마당에서, '열수'강은 '열수'마을을 3면으로 휘감고 크게 굽이치면서 돌아나간다. 그 강 건너편 광주시 퇴촌면 앵자산 밑에는 한국 천주교회 창립의 선각자들인 이벽1754~1786, 권철신1736~1801, 권일신1742~1791, 이승훈1756~1801, 정약종1760~1801이 묻혀 있다. 그들은 모두 총명하고 반듯했던 당대 최고의 지식인들이었다. 그들의 젊은 날은 서학西學을 통해서 새롭게 열리는 세계와 미래의 모습으로 설렜다. 그들은 평등과 보편의 신세계를 향해 개안開眼했다. 그들의 청춘은 찬란하고 치열했다. 그리고 그들의 최후는 이단과 대역을 다스리는 형장에서 으깨져 죽거나 망나니의 칼에 베어졌고 그 사체는 거리에 버려졌다. 강물이 합쳐져서 앞으로 향하는 그 두물머리 남쪽 깊은 산속의 작은 암자에서 전환하려는 꿈과 전환되지 못하는 세계의 참극은 비롯되었다. 수종사 마당에서는 합쳐지는 강물을 사이에 두고 정다산의 고향과 강 건너 퇴촌면 천진암 언저리가 한눈에 보인다. 강물에 실려오는 전환과 신생의 꿈이 아직도 그 양쪽 유적지 사이를 흐른다. 합치고, 굽이쳐서 기어이 바다로 나아간다.

다산의 누이는 이승훈에게 시집갔다. 이승훈은 정약전, 정약종, 정약용 3형제의 매부다. 정씨 가문의 장남인 정약현다산의 아버지 정재원의 첫

부인 남씨 소생은 이벽의 누이와 혼인했고, 그들 사이에서 난 딸 정명련은 황사영과 혼인했다. 정약현은 이벽의 매부이며 황사영의 장인이다. 이가환의 누이가 시집가서 이승훈을 낳았다. 이가환은 이승훈의 외숙부이다. 그들은 미래에 대한 전망을 공유하는 동시대의 지식인이었을 뿐 아니라, 중첩되는 혼인관계로 그 비전을 혈연화했던 친인척들이었다. 정약종, 이가환, 황사영, 권철신, 주문모, 이승훈은 모두 1801년에 처형되었다.

다산은 18세기 조선 현실의 근본적인 모순을 토지소유제도와 신분제도라고 갈파했다. 그의 학문이 지향했던 정의와 합리성은 그가 살았던 당대 현실과 양립 불가능한 것이었고 그는 그 고뇌의 힘으로 수많은 '민중시'의 절창을 쓸 수 있었다.

그러하되, 그의 젊은 날은 그 질곡의 시대로부터 가장 두터운 편애를 받았던 옥골선풍의 도련님이었다. 22세에 초시에 합격해서 일개 생원으로 성균관에 들어갔을 때부터 그는 임금의 지독한 총애를 받았다. 그는 밤늦도록 임금을 독대했고 임금은 그의 시문과 경륜을 상찬했다. 임금은 그의 얼굴에 생긴 작은 생채기에조차 문안했다. 그의 용모는 준수했고 언행은 반듯했다. 그는 조선 성리학이 길러낸 단아한 귀공자였다.

그의 생애는 연륜과 더불어 현실의 바닥으로 내려온다. 그는 늙으면서 리얼리스트가 되어갔다. 지배이념의 총아로 시작된 그의 생애가 피지배의 들판을 향해 전개되어가는 이 모순의 과정은 18세기 한반도

강물이 만나는 자리는 흔적 없이 고요하고,
그 안쪽 습지에 물풀이 우거져 새들의 날갯짓 소리 퍼덕거린다.

역사의 전환과 좌절을 보여주는 장관을 이룬다. 그의 생애가 흘러가는 풍경은 양수리 두물머리에서 합쳐지는 강물의 풍경과도 같다. 수종사 마당에서는 그 모든 숨은 풍경이 드러난다.

배반과 치욕

물 건너 천진암은 북경을 통해서 당도하는 새로운 세계 인식과 미래 전망의 교두보였으며 최전진 기지였다. 천진암은 북경과의 핫라인을 개설하고 있었다. 신간 서적과 인맥으로 연결되는 이 핫라인은 더디지만 정확히 작동되었다. 이벽은 천진암에 와 닿는 이 새로운 세계 인식의 안내자였고, 주석자였으며, 지도자였다. 이벽은 최연장자가 아니었지만 권철신, 권일신, 정약전, 정약용, 이승훈 등은 모두 이벽의 지도력 아래서 서학에 입문했다. 아마도 정약전, 정다산 형제는 마을 앞의 강을 배로 건너가서 천진암의 강학에 참가했을 것이다. 때때로 그들은 한강 물줄기에 배를 띄우고 서울을 드나들었다. 1783년 여름에도 처갓집인 정다산의 집에서 며칠을 묵었던 이벽은 정약전, 정다산과 함께 두물머리나루에서 배를 타고 서울로 향했다. 배 안에서 젊은 그들은 보편적 원리의 유일성과 그 조화로움, 그리고 원리가 실현되는 세계의 아름다움을 이야기하면서 황홀했다.

그리고 환란은 닥쳐왔다. 형틀에 묶인 정다산은 천주교를 서슴없이 배반했다. 그의 배교는 매우 적극적이었다. 그는 주문모 신부의 존재를 폭로했고, 황사영과 이승훈을 삿된 무리들이라고 저주했다. 그는 전국 각지에 숨어 있는 천주교인들을 색출할 수 있는 방법을 취조관들에게 일러주었고 이 방법은 실제로 포도청에 시달되어 천주교도 검거와 심문에 활용되었다.

이승훈도 형틀에 묶였다. 이승훈은 정다산의 행적을 폭로했고, 정다산을 저주했다. 이승훈은 자신이 정다산에게 영세를 준 사실까지도 폭로했고, 정약전을 밀고해서 사건에 연루시켰다. 형틀에 묶인 처남과 매부는 그렇게 서로를 저주하고 밀고하며 울부짖었다.

1801년의 국청 마당은 한마디로 지옥이었다. 다산이 사형을 모면하게 되는 배경을 정확히 말할 수는 없지만, 이 적극적인 배교가 큰 힘이 되었던 것만은 틀림없어 보인다. 길고도 기약 없는 유배생활에서 수많은 저술을 쌓아가면서도 그는 1801년의 배반과 치욕에 관해서는 일언반구도 쓰지 않고 말하지 않았다. 그의 말년의 자서전이라고 할 수 있는『자찬묘지명』에서도 그는 1801년의 국청에서 벌어졌던 일들과 거기에 관련된 자신의 내면을 말하지 않았다.

유배 시절에 그의 마음속에서 1801년의 일들은 어떠한 모습으로 자리잡고 있었을까? 신앙인으로서 순교의 길을 끝까지 걸어간 약종 형님과 매부 이승훈의 죽음은 그의 마음속에서 어떠한 자리를 차지하는 것일까? 오랜 유배에서 돌아와 다시 그 물가마을의 옛집에 이르러, 강 건너쪽 천진암의 산봉우리를 바라보면서 그의 마음속에서 1801년의 일들은 어떤 풍경을 이루고 있었던 것일까? 이런 후인의 의문에 대해 다산은 끝끝내 침묵한다. 200년 후에 태어나 단지 책을 읽을 뿐인 후인이 그 침묵의 부당성을 공박할 수 있을까. 아마 그럴 수는 없을 것이다. 삶 속에서 벌어진 일들 중에는 살아서도 죽어서도 다 말할 수 없는 것들이 있는 법이다. 다산의 치욕은 침묵 속에 잠겨 있다. 나를 두렵게 하는 것은 치욕이 아니라 그가 한평생 간직했던 침묵이다. 치욕은 생애의 중요한 부분이고, 침묵은 역사의 일부다.

이승훈은 매우 머뭇거리면서 사형장으로 나아갔다. 그는 형이 집행되기 전에 이미 천주교를 배교할 태도를 분명히 했다. 죽음 앞에서 그는 신앙에 대한 확신이 없었던 것으로 보인다. 그의 죽음은 순교도, 배교도 아니었다. 그는 살고 싶었을 것이다. 나는 살고 싶어하는 그의 편이다. 샤를르 달레가 쓴『한국천주교회사』는 신앙의 징표들에 대해 무자비하게도 엄격하다. 그는 중생의 고통에 대한 추호의 연민도 없다. 그는 이승훈의 최후를 이렇게 기술했다.

> 천주교인이건 아니건 그는 죽을 수밖에 없었다. 배교로도 그의 목숨은 구할 수 없었다. 그는 하느님께 돌아온다는 간단한 행위만으로도 그 피할 수 없는 형벌을 승리로 바꿀 수 있었다. 그는 자신의 배교를 철회한다는 조그만 표시도 하지 않고 숨을 거두었다. 최초로 영세한 그가, 자기 동포들에게 영세와 복음을 전했던 그가, 순교자들과 함께 죽음의 자리로 나아갔으나 그는 순교자는 아니었다. 그는 천주교인이기 때문에 참수되었으나 그는 배교자로서 죽었다. 하느님 당신의 심판은 얼마나 정의롭고 무섭습니까.

나는 하느님의 심판이 정의로운 것이었던지는 알 수 없으나 그 무서움은 인정할 수밖에 없다. 한국 천주교 역사에 대한 달레의 심판은 하느님의 심판처럼 무자비하다. 그는 이벽, 이가환, 이승훈, 권일신 등을 모두 배교자로 규정했고 그들의 죽음을 순교에서 제외시켰다. 그들의 죽음에는 순교와 배교가 겹쳐져 있다. 나는 하느님의 심판이 두렵기보다도, 순교와 배교, 순결과 치욕이 겹칠 수밖에 없는 인간의 운명이 더욱 두렵다.

지금 정다산은 두물머리 북쪽 능내마을에 묻혀 있고 이벽, 이승훈, 정약종, 권철신, 권일신 등은 물 건너 남쪽 퇴촌마을에 묻혀 있다. 그 사이에서 강물은 합쳐지고, 합쳐진 강물이 다시 갈라서는 산줄기 밑을 돌아 멀어서 보이지 않는 저쪽을 향해 나아간다. 수종사 절 마당에서 이 모든 풍경은 감출 수가 없고 숨을 곳이 없다. 그 강물은 치욕의 시간들을 모두 거느리고 전환을 향해 흘러간다. 능내와 퇴촌 사이의 강에서 아득히 먼 물들이 만나고 있었다. 수종사에서는 산하의 풍경 속에서 운명의 모습이 보인다.

노령산맥 속의 IMF

섬진강 상류 여우치마을

여기는 전북 임실군 운암면의 옥정호 동쪽 마을로, 노령산맥의 북쪽 언저리다. 댐에 물이 차오르자 사람들은 고향을 떠났거나 더 깊은 산속으로 옮겨서 산다. 자전거는 이 산간마을에서 출발한다. 옥정호를 동쪽으로 우회하면 임실군 덕치면에서 섬진강 상류의 물줄기와 만난다. 거기서부터 섬진강은 노령산맥의 굽이들을 이리저리 휘돌아서 파행 남류한다. 자전거는 이 섬진강 물가의 우마차로를 따라 파행 남류해서 순창까지 갈 판이다.

자전거는 출발지 산간마을에서 이틀을 늘어붙어 있었다. 낮에는 산길을 천천히 저어다니면서 이 골짜기 저 골짜기의 집들을 찾아서 마실을 다녔고, 저녁에는 학교가 파해서 돌아온 마을 아이들과 함께 호숫가에서 자전거를 타고 놀았다. 아이들이 낯을 가리지 않았지만, 취재용 산악 자전거를 너무나도 부러워해서 늙은 기자는 무참했다.

삶이 다 망가진 사람들은 산골마을의 고향을 떠났고, 아주 할 수 없이 더 망가진 사람들은 고향으로 돌아왔다. 이 산속 여우치마을이 고향인 김병운씨는 2년 전 IMF 초기에 다 거덜난 삶의 보따리를 지고 고향으로 돌아왔다.

어렸을 때 김씨는 고향에서 중학교를 마치고 목공예를 배웠다. 남원에 있는 목기공장에 직공으로 들어가서 장인 수업을 받았다. 30살이 될 때까지 직공 월급을 모아서 육천만원을 장만했다. 그는 그 자금으로 남의 땅을 빌리고 기계를 사들여서 남원 갈치마을에 작은 목기공장을 차리고 사장이 되었다. 직공 8명을 데리고 주로 소반을 만들었다. 수작업으로 품이 많이 드는 그의 물건은 대도시의 백화점에까지 진출했다. 그의 작은 공장은 탄탄했다. 1995년 말까지만 해도 매월 이천오백만원 정도 매출을 올렸다.

IMF 위기가 닥쳐오자 판매대금으로 받은 어음이 부도나기 시작했다. 자금을 굴릴 수가 없었고, 중간상인들이 잠적해버려 물건 값을 받을 수도 없었다. 그의 공장은 삼억원 부도를 안고 쓰러졌다. 남원 일대의 작은 공장들이 대부분 그 모양이었다. 갈 곳은 고향밖에 없었다. 그는 아내와 두 딸을 데리고 빈털터리가 되어서 고향으로 돌아왔다. 24년 만의 귀향이었다. 고향에는 심장병 수술을 받은 늙은 아버지가 농사일을 힘에 부쳐했다. 늙은 아버지의 땅은 가파른 산비탈이었다. 남원에서 공장을 정리할 때 직공들의 밀린 임금을 갚아주느라고 은행

옥정호의 아침

옥정호는 섬진강 상류의 호수다.
아침마다 물안개가 피어올라 가난한 마을들을 이불처럼 덮는다.
마을 아이들이 내 자전거를 몹시 부러워하여 민망했다.

돈 삼천만원을 빌려 썼다. 이 돈의 이자를 제때 갚지 못해서 그는 신용불량자로 컴퓨터에 입력되었다. 신용불량자에게는 귀농자 정착지원금이 나오지 않았다.

고향에 돌아온 후 그의 모든 삶은 연체에 연체가 자꾸 쌓여가는 은행 이자와의 싸움이다. 그의 싸움은 그야말로 목숨을 건 싸움처럼 보였다. "은행처럼 무서운 건 없다"라고 그는 말했다. 매달 이자 갚을 돈이 현금으로 필요하기 때문에 농사일을 할 수도 없다. 그는 마을 파출소에 나가서 공공 근로 방범대원으로 일한다. 밤 9시부터 새벽 4시까지 이 산속마을을 방범 순찰하고 소내 근무도 한다. 하룻밤을 꼬박 새우면 새벽에 이만이천원을 준다. 한 달에 20일씩 날밤을 새우는데, 석 달에 한 번씩은 재채용 관문을 통과해야 한다. 이것만 가지고는 이자와 생활비가 해결되지 않는다. 집에서 파출소까지는 산길을 걸어서 1시간이다. 새벽 5시에 집으로 돌아온 그는 아침 8시까지 잠자고 다시 일어나서 공사장에 나간다. 요즘 나가는 공사장은 김제평야의 농로 보수 공사장이다. 집에서 김제까지는 버스로 1시간 30분 걸린다. 그는 토목 분야에는 아무런 전문 기술이 없다. 공사장에서는 등짐으로 자재를 운반하거나 삽질 같은 막일을 한다. 하루 9시간 등짐을 지고 나면 사만오천원을 준다.

일거리가 매일 있는 것은 아니다. 한 달에 10일 정도만 있다. 공사장에서 집으로 돌아와서는 저녁밥 먹고 또 밤새우러 파출소에 간다. 그가 등짐 지고 날밤 새워서 얻는 이 가랑잎 같은 만원짜리 지폐 몇

장은 밥으로 바뀌어서 식구들의 입으로 들어가는 것이 아니라 몽땅 이자로 은행에 들어간다. 이것이 금융 거래의 기본 질서다. 무슨 뾰족한 수가 없는 한 그가 원금을 갚을 수 있는 길은 보이지 않는다. 그러니 그는 남은 생애 내내 허구한 날 등짐 지고 날밤 새워서 다 은행에 가져다주어야 할 판이다.

그가 돌아온 고향은 아직은 그의 고향이 아닌 듯싶었다. 금년 초에 이 마을 앞 옥정호수가 상수원 보호구역으로 지정되어서 내수면 어로 행위가 금지되었다. 민물고기를 잡을 수도 없고 가두리양식장도 할 수 없게 되었다. 그의 소망은 “고향에 남아서 아이들을 공부시키는 것”이라고 한다. 이 호수의 상수원 단속반원으로 취직해서 등짐 지기와 날밤 새우기를 면해보려 하는데, 경쟁이 치열해서 될는지 알 수 없다. 그가 다시 고향을 떠날지도 모른다는 생각이 들었다.

이웃마을 최정운씨도 빈손으로 고향에 돌아왔다. 최씨는 인천에서 대형 화물트럭 운전기사로 일했다. IMF 초기에 물동량이 줄어서 일거리가 없더니 결국은 회사가 부도로 쓰러졌고 최씨는 해직되었다. 농협에서 돈을 꾸고 또 사채도 좀 얻어서 이 산 깊은 고향마을에서 표고 농장을 해볼 작정이다. 그러나 아무런 경험이 없어서 불안하고 또 내년 수확기까지 버티어낼 자금이 될는지, 남의 돈으로 시작하는 사업에서 이자를 제하면 무엇이 남을는지 걱정이다. 그 걱정을 끌어안고 그는 지금 농장터를 찾기 위해 하루 종일 산속을 뒤지고 다닌다.

IMF 이후에, 도시에서 망가져버린 많은 사람들이 가족을 이끌고 이 산골마을을 기웃거리다가 그냥 돌아갔다. 아이들의 전학 수속까지 마쳐놓고 나서, 부인들이 반대해 돌아간 경우도 있었다. 이 고장 사람들도 있고 외지 사람들도 있었다. 시퍼런 물과 가파른 산뿐인 이 마을에 그들은 마음을 붙일 수가 없었던 모양이다. 그 가족들이 어디로 갔는지는 알 수 없다. 아직도 어느 낯선 산천을 기웃거리고 있을지 모른다.

김병운씨와 최정운씨는 전적으로 무죄인 사람처럼 보였다. 그들이 도대체 무슨 책임져야 할 일을 저질렀기에 이 고생을 해야 하는가. 고향은 아직은 그리던 고향이 아닌 것만 같았다. 이 고단한 고향에서, 돌아온 고향 사람들이 새로운 고향의 희망을 길러낼 수 있을까. 고향에서 그럴 수만 있다면 얼마나 좋은 일인가. 그리던 고향이 아닌 고향도 결국은 그리던 고향일 터이다. 자전거는 눈부신 섬진강 길을 미루어놓고 이틀 동안 이 마을에 머물렀다.

시간과 강물

섬진강 덕치마을

자전거는 새벽에 여우치마을을 떠나 옥정호수를 동쪽으로 우회했다. 호수의 아침 물안개가 산골짝마다 퍼져서 고단한 사람들의 마을을 이불처럼 덮어주고 있었다. 27번 국도를 따라 20여 킬로미터를 남쪽으로 달렸다.

임실군 덕치면 회문리 덕치마을 앞 정자나무 밑을 흐르는 섬진강은 아직은 강이라기보다는 큰 개울에 가까웠다. 상류의 강은 시원始原의 순결과 단순성만으로 어려 보였다. 산맥과 맞서지 못하는 어린 강은 노령산맥의 가파른 위엄을 멀리 피하면서 가장 유순한 굽이만을 골라서 이리저리 굽이쳤다. 멀리 돌아서, 마침내 멀리 가는 강은 길의 생리를 닮아 있었는데, 이 어린 강물 옆으로 이제는 거의 버려진 늙은 길이 강물과 함께 굽이치고 있었다.

강은 인간의 것이 아니어서 흘러가면 돌아올 수 없지만, 길은 인간의 것이므로 마을에서 마을로 되돌아올 수 있었고, 모든 길은 그 위를 가는 자가 주인인 것이어서 이 강가마을 사람들의 사랑과 결혼과 친인척과 이웃은 흔히 상류와 하류 사이의 물가 길을 오가며 이루어졌다. 그러므로 이 늙은 길은 가街가 아니고 로路도 아니며 삶의 원리로서의 도道이다. 자전거는 이 우마찻길을 따라서 강물을 바짝 끼고 달렸다.

겨울 섬진강은 적막하다. 돌길에 자전거가 덜커덕거리자 졸던 물새들 놀라서 날아오른다. 겨울의 강은 흐름이 아니라 이음이었다. 강은 자신의 내면을 들여다보는 인간의 표정으로 깊이 가라앉아 있었고, 물은 속으로만 깊게 흘렀다. 가파른 산굽이를 여울져 흐르는 젊은 여름 강의 휘모리장단이나, 이윽고 하구에 이르러 아득한 산야를 느리게 휘돌아나가는 늙은 강의 진양조장단도 들리지 않았다.

산하는 본래가 인간이 연주할 수 없는 거대한 악기와도 같은 것인데, 겨울의 섬진강과 노령산맥은 수런거리는 모든 리듬을 땅속 깊이 감추고 있었다. 겨울의 산과 강은 서로 어려워하고 있었고, 자전거는 그 어려워하는 산과 강 사이의 길을 따라 달린다.

천담마을 앞에서 섬진강은 커다랗게 굽이치면서 방향을 틀어서 구담·싸리재·장구목·북대미 같은 작고 오래된 마을 옆을 흐른다. 이 구간에서 강물의 수심은 무릎 정도이다. 마주 보는 마을 사이에 다리가 없어서 신발을 벗고 자전거를 끌면서 물속을 걸어서 강을 건넜다.

겨울 강물이 낮아지자 물속의 바위들이 물 위로 드러나 장관을 이루었다. 바위들의 흐름은 구담에서 싸리재에 이르도록 계속된다. 수만 년을 물의 흐름에 씻긴 바위들은 그 몸속에 흐름을 간직하고 있었다. 모든 연약한 부분들을 모조리 물에 깎인 그 바위들은 완강한 단단함으로 물속에 박혀 있었는데, 그 단단함은 유연하고 온화한 외양으로 나타나는 것이었다. 그 바위는 박혀 있는 바위인 동시에 흐르는 바위였고, 존재 안에 생성을 간직한 바위였으며, 가장 유연한 형식으로 가장 강력한 내용을 담아내는 바위였다.

산하의 음악과 산하의 리듬이 길러낸 이 바위들은 바위 안에 물의 본질을 수용함으로써 바위의 단단함을 완성해내고 있었다. 그것은 바위라기보다는 생명의 안쪽을 통과해가는 시간의 모습이었다. 그것들은 수만 년을 깎인 과거의 바위였고, 변화와 생성을 거듭해갈 미래의 바위였으며, 박힌 자리에서 흐르고 또 흐르는, 현재의 바위였다.

이 오래된 바위들을 뽑아가서 돈 많은 자들의 정원으로 옮겨놓으려는 도둑들이 이 물가에 눈독을 들였다. 몇 해 전에는 떼도둑 20여 명이 중장비를 끌고 와서 '요강바위'를 뽑아갔다. 요강바위는 가운데가 두 사람이 들어앉을 수 있을 만큼 패었고, 그 안에 늘 물이 고여 있었다. 도둑들은 물가에 중장비를 들이대느라고 진입로 공사까지 했다. 도둑들은 이 바위를 경기도 광주군의 야산에 숨겨놓고 원매자를 물색하고 있었다. 매매가 성립되지는 않았지만 이 바위 한 덩어리는 십억 원을 호가했다. 눈썰미 밝은 주민이 이 바위가 섬진강 바위임을 알아

채고 경찰에 신고했다. 도둑은 붙잡혔고, 요강바위는 장물로 분류되어 전주지검 남원지청 마당으로 운반되었다.

남원에서 이 물가까지 바위를 옮기는 데 중장비 사용료 오백만원이 들었다. 바위의 무게는 25톤이다. 장구목마을 주민 열두 가구가 돈을 모아서 오백만원을 마련했다. 요강바위는 중장비에 실려서 4년 만에 고향 물가의 제자리로 돌아왔다. 바위를 제자리에 심어놓던 날 장구목·싸리재마을 사람들은 돼지를 잡아 물가에서 잔치를 벌였다.

강물에 쓸리는 바위처럼, 단단하고도 유연한 사람들이 그 강가에 오랜 역사를 이루며 살고 있었다. 공비를 토벌하는 군인들이 이 강가 마을에 불을 질렀고 전쟁이 끝나자 사람들은 다시 옛터로 돌아와 집을 지었다.

장구목마을 이재기씨는 물굽이 윗마을인 싸리재 처녀 박갑례씨와 혼인했다. 아이들 공부시키느라고 밭 다섯 마지기를 모두 팔았다. 지금은 남의 노는 땅에 콩을 심는다. 1년에 콩 열다섯 말을 거두는데 그중 한 말은 땅주인에게 준다. 올해 조선콩 한 말 값은 이만원이었다. 그의 7대조까지 모두 이 강가 양지쪽에 묻혀 있다. 제사는 4대를 모신다. 제사 전날 이씨는 배를 타고 강에 나가 물고기를 잡았다. 이 강가에서 잡은 물고기로 매운탕을 끓여서 제상에 올린다. 고인들이 가장 좋아하던 음식이다. 이씨의 배는 사과 궤짝 2개를 합친 크기다. 이씨의 그물 속에서 가시고기 몇 마리가 파닥거렸다.

흐르고 또 흘러서 마침내 아무런 역사를 이루지 않는 강물의 자유는 얼마나 부러운가. 그 강가에서 인간의 기나긴 고통은 역사를 이루었는데, 역사를 이루던 인간의 마을은 이제 인간의 유적지로 변해간다. 시간과 강물이 인간의 유적지를 흘러가고, 길은 빈 마을에서 비어가는 마을로 강을 따라 뻗어가는데, 바위가 물에 쓸리듯이 사람들은 시간에 쓸리고 있었다. 노령산맥을 벗어나는 섬진강은 구례·곡성 쪽의 지리산 외곽으로 덤벼들었고, 지친 자전거는 순창에서 잠들었다.

꽃 피는 아이들

마암분교

김용택 시인은 내 친구다. 전라북도 임실군 덕치면 장산마을 섬진강 상류에서 태어나서, 거기서 50살이 넘도록 살았다. 그는 고향마을의 덕치초등학교 졸업생이다. 커서, 덕치초등학교 교사가 되었고, 25년 넘도록 고향마을에서 선생님을 하면서 아이들과 함께 뒹굴고 노래하고 공 차면서 산다.

내 고향은 서울 종로구이다. 고향에 가봐야 아는 사람 하나 없고 먼지만 풀풀 날린다. 그는 어쩌다가 서울에 오면 길을 몰라서 쩔쩔맨다. 혼자서 어릿어릿 촌놈 행세를 하고 돌아다니다가 길을 잃은 적도 있다. 그럴 때면 그는 내 사무실로 전화를 해서 “야, 여기가 어디다냐. 아니 뭐 이런 동네가 다 있어? 야, 나 좀 살려줘”라고 애원한다. 내가 뛰어나가서 그를 데리고 온 적도 있었다.

그가 서울을 흉보면, 서울이 고향인 나는 속상하다. 나는 내 친구의 고향마을을 사랑하는데, 내 친구는 왜 내 고향을 흉보나. 나는 억울하지만, 그래도 내 친구의 고향이 좋다.

나는 그가 살고 있는 임실군 덕치면·마암면의 산골마을, 강가마을에 자주 놀러 갔다. 그래서 그 동네 아이들이며 동네 개들도 다 사귀었다. 마암마을의 누런 개들은 내가 마을 어귀에 들어서면 다들 뛰어나와서 내 주위에서 길길이 뛰면서 좋아라 한다. 흙발로 나한테 뛰어오르고 내 손을 핥아먹고 난리들이다. 한 놈을 쓰다듬어주면 다른 놈이 또 대가리를 들이민다.

마암분교 아이들 머리 뒤통수 가마에서는 햇볕 냄새가 난다. 흙향기도 난다. 아이들은 햇볕 속에서 놀고 햇볕 속에서 자란다. 이 아이들을 끌어안아보면, 아이들의 팔다리에 힘이 가득 차 있고 아이들의 머리카락 속에서는 고소하고 비릿한 냄새가 난다. 이 아이들은 억지로 키우는 아이들이 아니다. 이 아이들은 저절로 자라는 아이들이다. 아이들은 나무와 꽃과 계절과 함께, 저절로 큰다.

아침마다 아이들은 6학년, 5학년을 앞세우고 재잘거리면서 산길을 걸어서 학교로 온다. 학교로 오는 아이들의 손에는 커다란 양동이가 하나씩 들려 있다. 아이들은 점심때 밥 먹고 남은 찌꺼기를 이 양동이에 담아서 집으로 가져간다. 집집마다 돼지와 개 들이 이 아이들이 가져오는 밥을 기다리고 있다. 등교하는 아이들의 손에서, 노란 양동이

마암분교 6학년 초이

초이가 하급생인 다희의 동생을 업어주고 있다. 초이는 이 분교의 큰언니다.
점심 먹은 설거지도 하고 하급생들 뒷바라지를 다 한다.
초이의 마음은 햇볕이 내리쬐듯이 양명陽明했다.

들이 아침 햇살에 빛난다. 그 양동이에서 빛나는 아침 햇살은 눈부시게 아름다웠다. 아이들은 책에서 배우기보다는 삶으로부터 직접 배운다. 점심시간에 식당에 모여 밥을 먹는 이 아이들의 모습을 꼼꼼히 들여다보는 일은 나의 지극한 기쁨이었다.

밥을 실은 자동차는 낮 11시 50분에 분교 운동장에 도착한다. 본교에서 온다. 자동차 안에는 밥통과 국통과 반찬통이 실려 있다. 밥차가 도착하면 6학년 아이들이 달려나가 밥통을 운반한다. 1학년, 2학년, 3학년들은 식당에 가서 줄을 서 있다. 6학년들이 밥통을 식당으로 운반하면 5학년들이 밥을 퍼준다. 1, 2, 3학년들은 식판을 들고 5학년 앞에서 차례를 기다린다. 선생님 먼저 드리고 아우들에게 밥을 퍼주고 반찬을 덜어준다. 1, 2, 3학년들이 밥 먹을 때 장난치면 5, 6학년한테 혼난다. 5학년들은 다 먹은 아이들에게 밥을 더 떠준다.

다 먹고 나면 6학년들이 앞치마를 두르고 개수대에서 설거지를 한다. 다 먹은 아이들은 먹다 남은 밥 찌꺼기를 통에 붓고 나서 빈 식판을 6학년한테 내민다. 선생님이 개수대에 더운물을 부어준다. 6학년들이 식판을 씻어내면 4학년들이 식판을 모아서 챙겨놓는다. 6학년들은 설거지를 마치고 모아놓은 밥 찌꺼기를 다시 아이들의 양동이에 나누어준다. 이것은 돼지밥이나 개밥이다. 그렇게 해서 점심이 끝나면 6학년들은 밥통·국통·반찬통을 씻어서 자동차에 실어서 본교로 돌려보낸다.

삶의 질서는 이처럼 아름답고 자연스럽다. 저절로 되어지는 속에서 아이들은 배운다. 가르쳐서 배우는 것이 아니라 살아가면서 배운다. 삶이 곧 교육이 되는 학교는 얼마나 아름다운가. 진리는 공부가 파해서 집으로 돌아가는 아이들이 나르는 돼지밥통 속에 들어 있는 것처럼 보였다. 진리는 추상화한 교훈 속에 있는 것이 아니었다. 돼지밥통을 들고 집으로 가는 아이들의 뒤를 따라가면서 아이들이 재잘거리는 소리를 들었다.

우리 집 돼지는 요즘 통 먹지를 않아서 걱정이다. 야 무슨 돼지가 그래, 안 먹는 돼지도 다 있냐? 그러게 말이야, 병원에 가봐야 하나. 아냐 돼지가 무슨 병원엘 가니…… 아이들은 그런 얘기를 하면서 집으로 돌아갔다.

김용택 시인은 마암분교로 오기 전에는 덕치초등학교에서 근무했다. 덕치초등학교 운동장에는 온 동네 개들이 다 모여서 이리 뛰고 저리 뛰고 놀았다. 이 개들은 아침에 아이들을 따라서 학교에 온 개들이다. 개들은 아이들이 공부하는 교실 안을 기웃거렸다. 개들은 교실 창가에 턱을 고이고, 입을 벌려서 노래를 합창하는 아이들을 구경하고 있었다. 학교가 파해서 아이들이 집으로 돌아갈 때 개들은 아이들을 따라서 집으로 간다.

덕치초등학교는 여러 산골에서 오는 아이들이 모인다. 한 마을에서 서너 명씩 줄을 서서 학교로 온다. 겨울에는 얼어붙은 냇물이나 눈길을 걸어서 온다. 마을에서 6학년이나 5학년들이 앞장서서 동네 1학년이나 2학년들을 다 모아서 데리고 온다. 6학년들은 안전한 길을 알고 있다. 집에 갈 때도 그렇게 간다. 섬진강을 건너서 학교에 오는 아이들도 있었다. 여름에 물이 불면 징검다리를 쓸 수가 없어서 아이들은 배를 타고 강을 건너 학교로 온다. 아버지가 동네 아이들을 다 모아서 배에 태우고 노를 젓는다. 아버지는 강가에 아이들을 풀어놓는다. 아이들이 집에 갈 때는 강가에 나와서 강 건너 마을을 향해 "아버지 오세요"라고 소리지른다. 그러면 강 건너 마을 밭에서 일하던 아버지가 배를 저어서 강을 건너온다.

아버지가 마을에 안 계실 때도 있다. 그럴 때는 아이들은 강 건너편 물가에서 아버지가 돌아올 때까지 저희들끼리 논다. 아이들은 갈대숲 속에서 염소를 싸움시키며 논다. 새카만 염소를 한 마리씩 끌고 와서 박치기를 시키면 염소들은 성이 나서 뿔로 받으면서 싸움을 시작한다. 아이들은 갈대로 채찍을 만들어서 염소 궁둥이를 때리면서 제 편 염소를 응원한다. 그러다가 강 건너 마을에 아버지가 돌아오면 아이들은 아버지의 배를 타고 집으로 돌아간다.

여름방학 내내 아이들은 물속에서 논다. 방학이 끝나면 염소처럼 새카맣게 탄 아이들이 눈을 반짝이며 다시 학교에 모인다. 아이들은 방학 때는 개학을 기다리고 개학 때는 방학을 기다리는데, 개학이나 방학이나 다 똑같이 신바람 나는 일이다.

나는 이 마을 아이들을 다 안다. 어떻게 생겼는지, 키가 얼마인지, 잘 웃는지, 무슨 놀이를 좋아하는지, 그 집 개가 누렁이인지 흰둥이인지도 다 안다.

박초이는 6학년 여자아이고 윤귀봉은 6학년 남자아이다. 이 아이들은 학교의 어른이다. 점심시간에는 초이와 귀봉이가 나란히 앞치마를 두르고 설거지를 한다. 초이는 처녀티가 나고 귀봉이는 이제 변성을 시작해서 목소리가 걸걸하다.

초이는 이 학교의 큰누나다. 아이들의 온갖 치다꺼리를 다 한다. 초이는 마음속에 햇빛이 밝게 내리쬐는 것 같은 아이다. 초이는 이 학교 어린이회 회장이고 귀봉이는 부회장이다. 초이는 회장에 당선되었을 때 당선 인사에서 "1학년에서 6학년까지 모두 한데 어울려 잘 놀도록 하겠다"라고 말했다. 초이는 지난 1년 동안 이 공약을 충실히 지켰다. 축구할 때도 1, 2학년을 빼버리지 않고 늘 함께 데리고 놀았다. 초이네 집은 닭을 기른다. 그래서 초이의 글에는 닭을 걱정하는 얘기가 많이 나온다. 아빠가 기르는 닭이 장난이 아니고, 제 집 식구들을 먹여 살리는 닭이라는 걸 초이는 알고 있다.

귀봉이는 운암호수 물가에 산다. 귀봉이네 집은 민물고기 양식업을 한다. 그래서 귀봉이는 고기의 생리를 잘 안다. 낚시질도 잘한다. 귀봉이는 이 학교의 상머슴이다. 온갖 힘든 일을 귀봉이가 도맡아서 한다. 귀봉이는 집에서 김장을 하면 배춧속을 싸가지고 와서 점심시간에 아이들에게 나누어준다. 운암호수에는 외래종 물고기 배스가 많이 퍼져서 재래종 물고기를 마구 잡아먹는다. 귀봉이는 배스를 미워한다. 귀봉이는 낚시로 배스를 잡아서 삶아 개밥으로 준다. 귀봉이는 운암호의 배스를 모조리 잡아 없애기로 작심하고 있다.

귀봉이가 사는 집은 물가 바로 옆이다. 이 부락에는 3학년인 서동수와 서동수의 동생인 1학년 서창우가 산다. 귀봉이와 동수와 창우는 다들 자전거를 가지고 있다. 나는 마을 물가에서 이 아이들과 자전거를 타고 놀았다. 내가 서울서 가져간 자전거는 비싼 미제 산악자전거이고 아이들의 자전거는 다 낡아빠진 고물이었다. 아이들이 번쩍거리는 내 자전거를 너무나도 부러워해서 나는 무안했다. 그래서 한 번씩 내 자전거를 타보라고 했다. 아이들은 서로 먼저 타겠다고 다투었다. 나는 학년이 낮은 순서대로 타라고 했다. 그래서 1학년인 창우가 먼저 탔다. 창우는 아직 키가 작아서 발바닥이 내 자전거 페달에 닿지 않았다. 나는 안장을 낮추어주었다.

창우는 자전거에 올라타고 물가를 따라 내려갔다가 30분이 지나도 돌아오지 않았다. 귀봉이와 동수는 약이 올라서 식식거렸다. 아이들은 간단한 자전거 수리 정도는 제 손으로 해냈다. 체인이 빠지면 나무토막을 지렛대처럼 끼워서 체인을 다시 걸었다. 나는 이 아이들과 자전거를 타고 저녁 무렵의 운암호수를 한 바퀴 돌았다. 우리들의 그림자가 길게 물 위로 늘어졌다.

김인수는 3학년이다. 인수네 집은 여우치마을 산속이다. 인수네는 무척 가난해 보였다. 인수네는 집이 없고 땅도 없고 가축도 없다. 인수네 아버지는 남의 땅에서 일해주고 품삯을 받아서 산다. 집이 없어서 사람들이 버린 빈집을 이 집 저 집 옮겨다니면서 산다. 인수네 아버지는 폐결핵을 앓고 있다. 마을 보건소에서 약을 받아오는데 인수가 약 심부름 갈 때도 있다. 지금 인수가 사는 집 마당에는 살구나무가 있고 무너진 처마 밑에는 제비집도 있다. 봄이 오면 살구나무에 꽃이 피고 제비들이 돌아올 것이다.

인수는 할머니 품에서 자랐다. 인수네 할머니는 작년에 돌아가셨다. 인수는 많이 울었다. '우리 할머니가 돌아가셨다. 내 마음은 슬프다. 나는 정말로 슬프다'라고 인수는 그날 일기에 썼다. 인수는 할머니가 돌아가신 뒤 좀 시무룩한 아이가 되었다. 점심시간에도 혼자서 밥을 먹는다.

인수는 동시 짓기를 좋아한다. 인수의 글솜씨는 김용택 시인도 인정한다. "나보다 인수가 월등해 보인다"라고 그는 말했다. 인수의 일기장은 새, 꽃, 안개, 구름, 아침, 고추, 옥수수, 나무, 나비 같은 것들로 가득하다. 인수는 자라서 시인이 되려나보다. 그런데 인수한테 물어보니까 그게 아니었다. 인수는 자라서 형사가 되겠다고 말했다. "왜 하필 형사냐?"라고 내가 묻자 "형사가 되어서 나쁜 놈들을 다 잡아 가두겠다"라고 인수는 대답했다. 이 세상에는 명백한 악惡이 존재한다는 운명적 사실을 어린 인수는 알고 있었다. 나는 인수가 세상의 악을 알아가는 마음의 과정들을 생각하면서 속으로 울었다.

"왜 땅이 없고 집도 없느냐?"라고 인수 아버지한테 물었다. 인수 아버지는 "본대본디 없었다"라고 대답했다. 나는 또 한번 속으로 울었다. 누구나 본래 아무것도 없는 것이다. 그러니 삶은 얼마나 더 가난해지고 얼마나 더 경건해야 옳을 것인가.

인수네 할머니는 작년에 돌아가셨고 3학년인 은미네 할머니도 작년에 돌아가셨다. 6학년인 초이네 할머니도 그 무렵에 돌아가셨다. 할머니가 돌아가신 아이들끼리 노는 시간에 양지에 모여서 할머니 이야기를 하다가 화장실에 가서 함께 운다. 집에 돌아가도 할머니가 안 계신다는 사실을 아이들은 받아들일 수가 없다. 은미는 할머니를 너무나 좋아했다. 할머니가 돌아가시고 나서 은미는 한동안 넋이 빠진 아이처럼 되었다. 학교에서도 친구들과 어울리지 않았고 늘 혼자서 쪼그리고 앉아서 울었다. 김용택이 안아주고 달래주었지만 은미는 마음을 돌리지 않았다.

은미네 할머니 무덤은 학교 가는 길 산비탈에 있다. 학교에서 짓궂은 남자아이들이 은미를 지분거리고 귀찮게 굴면, 은미는 집으로 돌아가는 길에 할머니 무덤에 들러서 그 못된 녀석들의 소행을 다 할머니한테 일러바치고 막 운다. 요즘엔 은미의 마음이 좀 열렸다. 슬픔이 다소 누그러졌는지 친구들하고 잘 놀고 아이들도 이제는 은미를 지분거리지 않는다. 은미는 그동안 정말로 고생 많았다.

서창우와 김다희는 둘 다 1학년이다. 창우는 남자고 다희는 여자아이다. 두 녀석은 언제나 꼭 붙어다니고, 노는 시간에는 끌어안고 볼을 비빈다. 이담에 결혼하기로 맹세한 어린아이 커플이다. 학교 아이들도 모두들 두 녀석이 결혼하는 걸로 알고 있다. 6학년 초이는 다희네 집 담벼락에 '얼라리 꼴라리'라고 낙서를 해놓았다. 교실 뒤 '우리들 차지' 난에도 '얼라리 꼴라리 다희랑 창우랑!'이라고 아이들이 낙서를 해놓았다. 그러나 다희와 창우는 아랑곳하지 않고 붙어다닌다.

창우는 원래 이 마을 토박이 아이고 다희는 1년 전에 이 마을로 이사온 도회지 아이다. 다희네 아버지가 IMF로 사업이 기울어져서 이 마을로 들어왔다. 이 마을은 다희네 아버지 김병운씨의 고향이다. 다희네 아버지는 밤에는 마을 파출소에서 공공근로 방범대원으로 일하고 낮에는 공사판에서 일한다. 다희와 창우는 작년에는 학령 미달로 입학이 되지 않았었다. 그런데도 이 두 녀석은 매일 학교에 와서 밥도 같이 먹고 어깨너머로 공부도 하면서 '가짜 학생' 노릇을 했다.

다희와 창우는 첫눈에 서로 끌렸다. 만나자마자 친해져서 늘 끌어안고 다닌다. '가짜 학생' 시절에 인연을 맺은 것이다. 이 '가짜 학생'들이 1년이 지나자 '진짜 학생'이 되었다. 김용택 시인은 공부시간에도 늘 두 녀석을 나란히 앉혀놓고 가르친다. 다른 남자아이들이 다희를 지분거리면 1학년인 창우는 3학년이고 4학년이고 가리지 않고 막 울면서 덤벼든다. 그래서 이 학교 남자아이들은 더이상 다희한테 지분거리지 않는다. 다희를 창우의 짝으로 아예 내어준 것이다. 부모들도 이걸 다 안다. 다희네 집에 찾아가서 다희네 엄마 김춘자씨한테 "이 녀석들을 결혼시킬 작정이냐?"라고 물었더니 다희네 엄마는 하하하 웃었다.

마암분교 이야기는 한도 없고 끝도 없다. 전교생 17명인 이 작은 학교에서는 매일매일의 생활 속에서 매일매일의 새로운 이야기들이 샘솟아오른다. 날마다 새로운 날의 새로운 이야깃거리가 있다. 삶 속에서 끝없이 이야기가 생겨난다. 이 얼마나 아름답고 신나는 일인가. 봄에는 봄의 이야기가 있고 아침에는 아침의 이야기가 있다. 없는 것이 없이 모조리 다 있다. 사랑이 있고 죽음이 있고 가난과 슬픔이 있고 희망과 그리움이 있다. 세상의 악을 이해해가는 어린 영혼의 고뇌가 있고 세상을 향해 뻗어가는 성장의 설렘이 있다. 여기가 바로 세상이고, 삶의 현장이며, 삶과 배움이 어우러지는 터전이다.

자라나는 일이 배우는 일이다. 사람이 되어가는 일인 것이다. 귀봉이와 초이는 올봄이면 졸업해서 이 학교를 떠나야 한다. 졸업식 날 많이들 울 것이 분명하다. 이 졸업생들은 앞으로 10년 후 운암대교 위에서 만나기로 김용택 선생님과 약속했다. 그때, 나는 또 마암분교에 대해서 새로운 글을 쓰고 싶다. 창우와 다희의 앞날에 깊은 사랑과 커다란 기쁨이 있기를 기원한다.

빛의 무한 공간

김포평야

조선화가 겸재謙齋, 1676~1759는 한강을 오르내리면서 강변 경관을 즐겨 그렸다. 겸재의 한강 화폭들은 강을 상류에서부터 그려내려오다가 행주산성 건너편인, 지금의 서울 강서구 개화동 개화산128미터 위에서 끝난다. 개화산은 겸재의 최하류 관측소다.

개화산 꼭대기는 강이 스러지는 하구에 펼쳐지는 공간의 무한감을 보여준다. 겸재의 시대뿐만 아니라, 지금도 개화산 위에서 바라보는 한강 하구는 아득하게 넓어서 눈 둘 곳 없다. 겸재의 화폭 위쪽에서, 흐려진 조강은 멀리 김포반도 북단을 돌아서 서해로 나아가고 낮게 엎드린 산들은 산의 잔영으로 멀어진다.

조선의 화가들은 이 하구의 먼 산들을 잔산殘山이라고 불렀다. 잔산은 공간을 분할하지 않는다. 잔산은 공간 속으로 풀어져서 오히려 공간의 무한감을 완성시켜준다. 그 넓은 공간에 여린 빛들이 가득해서 겸재의 화폭이 보여주는 한강 하구와 김포 들판은 늘 새롭게 빛나는 무한강산이다.

행주를 지나온 한강은 김포대교 아래쪽 영사정永思亭 앞에서부터 갑자기 강폭이 넓어져서 강 건너 일산 쪽 도시 풍경이 눈에 흔들린다. 김포의 들판도 여기서부터 한강 연안을 따라 서북쪽으로 펼쳐진다. 넓은 들의 가장자리를 다시 넓은 강이 느리게 흘러가는 김포의 무한감이 열린다. 김포는 한강이 수억만 년 동안 운반해온 토사가 쌓여 이루어진 하구의 충적평야다. 낮은 산과 작은 하천들 사이에서 노년기의 지형은 편안하다. 김포평야는 한강이 낳은 자식과도 같은 땅인데, 평야는 그 아비의 넓이와 순함을 닮아 있다.

48번 국도를 따라서 김포를 건너가는 자동차 안에서는 김포의 무한감을 느낄 수 없다. 48번 국도를 버리고 고촌, 통진, 월곶, 하성 쪽 한강 연안의 들로 들어서야 김포의 넓이는 드러난다.

김포평야를 자전거로 달리는 느낌은 신기하다. 오르막도 없고 내리막도 없는 들길을 아무리 달려가도 앞으로 나아가고 있다는 느낌이 오지 않는다. 뒤로 돌아서서 온 길을 거꾸로 달려도 마찬가지다. 오른쪽으로 가도 왼쪽으로 가도 진행감은 거의 없다. 자전거의 진행은 넓은 공간 속으로 파묻혀버리고 시야에 걸리는 표적물이 거의 없어서 자전거를 탄 사람은 늘 제자리에 붙어 있는 느낌이다. 들을 다 건너가서 강가로 나오면 거기서부터는 더 넓은 물이 펼쳐져서 어디까지 왔

김포평야의 불꽃

김포평야의 농민이 묵은 벼의 그루터기를 태워서 한 해의 노동을 시작하고 있다.
날이 맑고 바람이 자는 날을 골라 논을 태우는데,
그런 날 마른 들을 태우는 연기는 온 들판으로 낮게 깔린다.

는지 알 수가 없다.

이 들이 한국 도작농업의 발상지이며, 지금은 수리시설과 경지정리가 완비된 현대식 경작지다. 논들은 모두 축구장이나 야구장만큼씩 크다. 잘 포장된 농로가 반듯하게 들판을 구획하고, 모세 농수로들이 그 농로를 따라 흐른다. 농가들은 대개가 5,000평에서 30,000평 정도의 큰 논을 기계를 써서 경작하고 있다. 안전하고 전문화된 대형 농토다. 혼자서 트랙터를 몰고 논을 갈면 한꺼번에 고랑 다섯 개가 파져서 소 다섯 마리를 몰고 나가는 힘과 같은데 소보다 깊이 팔 수 있고 속도는 소에 비교할 수 없이 빠르다.

김포평야의 농업은 오직 쌀이다. 논두렁에 콩 심고, 밭두렁에 깨 심고, 뒤뜰에 고추 심고, 텃밭에 배추 심고, 장독대에 부추 심고, 산에 가서 더덕 캐고, 소, 닭, 염소, 오리를 모두 기르는 이른바 복합식 영농은 김포평야에서는 성립될 수 없다. 김포평야의 농부들은 김포 쌀을 '금쌀'이라는 브랜드로 부른다. 금쌀로 밥을 지으면 차지고 윤기가 흐른다. 차지다는 말은 밥알의 응집력이 좋다는 말이다. 그러나 차지다고 해서 밥알이 서로 뒤엉키고 들러붙어서는 금쌀이 아니다. 금쌀로 지은 밥은 차지면서도 밥을 씹을 때 입안에서 밥알이 한 알씩 따로 씹힌다. 한 알의 개별성 속에 찰기가 살아 있고, 응집성이 개별성을 훼손하지 않는다. 금쌀은 밥알의 응집성과 개별성의 조화이며 미각과 촉각의 종합이다. 이것은 깊어서 편안한 매혹이며, 발랄한 낱알들의 축제이다. 놀라운 밥인 것이다.

지금 김포평야의 넓은 들에는 이 금쌀을 예비하는 어린 모들이 모판 속에서 자라고 있다. 아득한 들에 오직 벼들만이 들어서 있는 풍경은 김포의 무한감을 금쌀로 가득 채운다. 김포의 북쪽, 시암리, 가금리, 조강리 마을의 농부들은 조강 건너 북한의 마을들을 일상의 풍경으로 바라보면서 들에서 일한다. 조강에 나룻배가 다니던 시절에는 강 건너 개풍군 사람들과 혼인도 많이 했다. 저녁마다 서해의 노을이 이 무한 공간을 가득 채우고, 김포의 무한감은 북한 쪽으로 넓어지고 있다.

강물 대주는 대지의 혈관

한국 도작농업 수천 년의 역사 속에서 김포평야의 농수로는 인공적 수리시설의 장관을 이룬다. 한강은 김포반도의 북단에 이르러 514킬로미터에 이르는 본류수로本流水路를 마감하는데, 이 한강 물을 양수기로 끌어올려 논으로 공급하는 김포 농수로의 총 연장은 885킬로미터에 달한다. 김포평야에서 한강이 반도의 젖줄이라는 말은 수사적 표현이 아니다.

김포대교 아래쪽 신곡양수장김포시 고촌면 신곡리은 연간 1억 2,300만 톤의 한강 물을 퍼올린다. 양수장 아래쪽에 수중보가 설치되어서 밀물 때마다 역류해 올라오는 짠물을 막아낸다. 퍼올린 물은 폭 30미터 안팎의 간선수로를 따라 흐르면서 2단계 펌핑과정을 거치면서 가압된다. 간선수로는 다시 여러 갈래로 나누어지면서 김포평야를 건너서

김포 모세 농수로

김포평야 모세 농수로에 저녁의 빛들이 내려앉았다.
땅 위에 내려앉은 노을은 긴 띠를 이루며 평야를 건너간다.
김포평야의 모세 농수로는 들판의 구석구석에 닿아서 평야는 가뭄과 홍수를 벗어난다.
이 수로에 물이 들어오면 김포의 봄은 시작된다.

강화도 쪽 통진면, 대곶면의 들에 이르고 인천광역시나 부천시에 속하는 논에까지 물을 보내준다. 간선수로는 넓은 들의 가장자리를 지날 때마다 다시 폭 4~5미터 정도의 지선수로로 갈라져서 들의 안쪽으로 향한다.

지선에 이르면 수압은 낮아져서 물은 수로 밑바닥의 완만한 경사를 타고 흐른다. 동력을 쓰지 않고 논바닥에까지 물을 보내주려면 지선수로의 위치는 높아야 한다. 지선수로는 평탄한 들판에서 조금이라도 지대가 높은 곳을 따라간다. 들 가운데로 들어온 지선수로는 다시 수많은 모세 농수로로 갈라지면서 논으로 다가간다. 이 모세 농수로를 수리용어로는 지거支渠라고 부른다. 지거는 논두렁길을 따라간다. 농부는 이 지거에 물꼬를 뚫고 제 논에 물을 끌어넣는다. 봄의 흙은 물을 많이 마신다. 며칠씩 물꼬를 열어놓아도 흙은 한없이 물을 빨아들이지만 한강의 물은 무진장이다. 지금 흙갈기가 끝난 김포평야의 모든 논은 한강 물을 빨아먹고 있다.

김포 한강가의 신곡양수장은 조선총독부의 미곡증산정책에 따라 1923년에 설치되었다. 광복 후에 여러 차례 확장되었고 농수로도 연장되었다. 이 한강 하구에 설치된 수리조합의 사업계획서에 따르면 1920년대의 김포평야는 한강의 잦은 범람과 가뭄으로 10년 중에 수확이 전무한 해가 평균 2~3년이었고, 4~5년 정도는 3~5분작이었으며, 풍년이라고 해도 7~8분작이었다고 한다. 또 한강에 잇닿은 넓은 땅은 인간이 경작할 수 없는 갈대밭이었고 논은 고지대일수록 비쌌다고 한다.

저녁마다 강화 쪽으로 해가 저물어 조강 건너편 북쪽 하늘에 노을이 번질 때, 김포 농수로 885킬로미터에 비치는 노을은 땅 위의 노을로 바뀐다. 노을은 붉게 빛나는 띠로 들판을 길게 건너가는데, 그 저쪽 끝은 흐려진 강물 빛에 닿아 보이지 않고, 수로에 내려앉은 왜가리들이 고개를 숙이고 밤을 맞는다. 김포평야의 농수로는 인공구조물이 아니라 자연의 흐름처럼 보인다. 인간에게 절실한 것들, 인간에게 간절히 필요한 것들은 모두 아름답다. 김포평야의 농수로를 들여다보면서 나는 그 쉬운 이치를 겨우 알았다.

만경강에서

옥구 염전에서 심포리까지

달이 하루에 두 번씩 물을 끌어당겨서 바다를 부풀게 하는 자연현상과 달이 한 달에 한 번씩 여자의 목숨을 빨아당겨서 부풀게 하는 생명현상이 모두 다 조潮이다. 밀물의 서해는 우주의 관능으로 가득 찬다.

내 조국의 서해는 어떠한 바다인가. 서해는 조국의 여성성이다. 달에 이끌리는 서해는 발해만 깊숙이까지 가득 차올라 산둥 반도와 랴오둥 반도를 적시고, 한반도 서쪽 연안에 넘친다. 그때, 연안은 부풀어오르고 서해에 닿는 모든 강들의 숨결은 낮아져서 강은 바다를 내륙 깊숙이 받는다. 달이 바다를 국토의 안쪽으로 밀어올리고, 새떼들이 앉을 곳을 찾아 갯벌 쪽으로 날아올 때 밀물의 끝자락에 실리는 낡은 어선 몇 척이 포구로 돌아온다.

위는 중국 대륙으로 막히고 아래는 동중국해 쪽으로 열린 이 오목한 내해內海에서 달은 물을 북쪽으로 밀어올리고, 대륙의 연안을 압박하고도 갈 곳 없어 넘쳐나는 물은 모든 강들의 하구로 파고들고 반도의 해안에 포개진다. 그래서 서해의 관능은 반도의 남쪽 끝, 영산강 하구에서는 잔물결로 주름지면서 섬세하고 부드럽지만, 북쪽으로 올라갈수록 그 숨소리가 커져서 한강 하구에 이르면 해일처럼 힘차고 숨막힌다.

대동강은 어떤가. 가보지 못해서 알 수 없지만, 서해의 힘은 더욱 크게 하구로 파고들고 연안으로 안겨올 것이 틀림없다. 서해와 달의 당기고 끌리는 모습이 저러하므로 조국의 서쪽 강들은 서해에 닿는 하구에서 저마다의 사랑과 저마다의 소멸의 표정을 따로따로 갖는다.

동해로 흘러드는 강들은 날카롭고 명징하다. 동쪽의 강들에는 산의 격절감이 녹아서 흐른다. 가파르고 빠른 강들이 일출을 향해 나아간다. 서해에 닿는 강은 들을 흐른다. 그래서 서쪽의 강들은 유장하고도 아득하다. 크고 흐린 강들이 해 지는 곳을 향해 느리게 나아간다. 서해는 그 많은 강들을 받아내고 또 거슬러오른다. 서해는 연안의 수많은 작은 포구를 먹이는 거대한 어머니의 바다와도 같다.

만경강은 아직도 파행跛行하는 자유의 강이다. 큰 댐이 없고, 하구언이 없고, 시멘트 제방이 없고, 강변도로가 없고, 수중보가 없고, 강가에 갈비 먹는 집이 없어서, 마음대로 굽이치는 유역은 언제나 넓게 젖어 있다. 바다가 수평선 너머로 물러간 저녁 무렵의 하구에서, 강의 크나큰 자유는 아득한 갯벌 위에서 헐겁고 쓸쓸했다.

전북 군산시 옥구 염전에서 출발하는 자전거는 만경강 하구를 따라 강을 거슬러올라가서 만경대교를 건너고 만경평야를 건너고 다시 만경강 하구를 따라 내려와서 전북 김제시 심포리 갯가로 간다. 심포리 바닷가에서 만경강은 동진강과 만나 바다와 합쳐지는데, 달이 물을 깊이 빨아당기는 사리간조의 만경강 하구에서 바다는 물의 바다가 아니라 갯벌의 바다였다. 갯벌의 지평선 너머에서 바다는 풍문처럼 저물면서 밤의 내습을 예비하고 있었고, 강의 대안 쪽에서 산맥은 기세를 낮게 죽여가며 노을 속으로 잠겨갔다. 간조와 만조 사이의 젖은 갯벌 위에서 저녁의 빛들은 비늘로 퍼덕거렸다.

군산에서 김제를 거쳐 부안에 이르는 만경강, 동진강 하구 언저리는 100킬로미터에 달하는 해안선 전체가 갯벌이다. 폭 20킬로미터가 넘는 갯벌도 있다. 김제시 심포항에서 썰물 때 갯벌을 가로질러서 끝까지 걸어가면 밀물에 휩쓸려서 살아서 돌아오지 못한다. 조개를 잡는 갯가 어민들은 갯고랑을 따라 배를 타고 드나든다. 해양지질학자들은 서해의 현재 해안선이 8,000년 전에 형성된 것으로 보고 있다. 서해는 젊은 바다이다. 이처럼 짧은 기간에 그토록 넓은 갯벌을 일구어낸 것은 내륙 깊숙이 달려드는 이 젊은 바다의 힘이다.

서해는 깊이 밀고 멀리 썬다. 갯벌은 육지와 바다의 완충이며 진행형의 대지다. 갯벌은 오목하고 부드럽다. 바다 쪽으로 나아갈수록 갯벌의 입자는 굵어진다. 육지 쪽은 뻘이고 바다 쪽은 모래이다. 뻘은 물의 힘이 약한 내륙 쪽에 가라앉고 모래는 물의 힘이 센 먼바다 쪽에 가라앉는다. 모래가 뻘보다 무겁기 때문이다. 굵은 입자일수록 멀리 가서 가라앉아, 사람과 가까운 쪽이 가장 부드럽다.

그래서 그 넓은 갯벌은 한 치의 오차도 없이 가지런한 퇴적물의 스펙트럼을 이룬다. 갯지렁이와 게는 뻘에서 살고 조개는 모래에서 산다. 게는 뻘을 먹고 살고 조개는 물을 먹고 산다. 뻘과 물 속에도 일용할 양식은 있다. 물고기들은 게를 잡아먹고 새들은 조개를 잡아먹는다. 그래서 게와 조개 들은 뻘 속에 구멍을 파고 살거나 바위에 착 달라붙어서 산다.

뻘에는 수억만 개의 구멍이 있다. 갯지렁이는 구멍 위로 머리를 내놓고 산다. 이 구멍들이 뻘에 공기를 불어넣어 갯벌은 숨쉰다. 그것들이 살아가는 꼴에는 이 세상 먹이사슬 맨 밑바닥의 비애와 평화가 있다. 그리고 구태여 고달픈 진화의 대열에 끼어들지 않은 시원始原의 순결이 있다.

공깃돌만한 콩털게와 바늘 끝만한 작은 새우들도 가슴에 갑옷을 입고 있다. 그 애처로운 갑옷은 아무런 적의나 방어 의지도 없이, 다만 본능의 머나먼 흔적처럼 보인다. 그래서 바다의 새들이 부리로 갯벌을 쑤셔서 게와 조개를 잡아먹을 때, 그것들의 최후는 죽음이 아니라 보시이다.

갯지렁이의 구멍은 밀물에 쉽게 쓸려버려서 갯지렁이는 끊임없이 흙을 뱉어내며 새 집을 지어야 한다. 갯지렁이의 이 기구한 무주택의

전북 부안의 해창 갯벌

새만금 간척공사가 다시 시작되어 이 갯벌은 매몰될 위기에 처해 있다.
환경운동 단체들이 이 갯벌을 지키기 위해 바닷가에 장승을 세웠다.
장승은 바다를 향해 노한 울음을 우는데, 간척공사의 제방은 자꾸만 바다 쪽으로 길어져간다.

운명이 갯벌에 지속적으로 산소를 불어넣어, 갯벌은 모든 살아 있는 것들의 터전이 된다. 갯지렁이는 온몸의 마디를 뻘밭에 밀면서 기어간다. 갯지렁이는 죽음을 통과하듯이 온몸을 뒤틀면서 뻘 속을 헤치고 나간다. 갯지렁이가 기어간 뻘 위의 자국은 난해한 문자와도 같고, 고통스런 글쓰기의 흔적과도 같다.

동죽조개는 껍데기에 나이테를 갖는다. 나무의 나이테와 같다. 성긴 테는 조개의 여름이고 촘촘한 테는 조개의 겨울이다. 모든 조개들이 그 껍데기에 삶의 고달픔과 기쁨 들을 기록한다. 해양생물학자들은 조개껍데기들을 들여다보고 조개의 연륜뿐 아니라 조개의 일륜日輪까지도 읽어낸다. 조개의 하루가 그 껍데기 위에 기록되고, 밀물이 들어오고 썰물이 나갈 때 조개의 생명의 안쪽에서 이루어지는 성장의 흔들림이 조개껍데기 위에 미세한 음파처럼 퍼져나간다. 밀물 때 그 음파의 폭은 넓고, 썰물 때는 좁다. 내륙 깊숙이 달려드는 힘센 서해는 연안의 모든 조개껍데기 위에 그 파도의 무늬를 새겨넣는다. 만경강 하구에서, 서해는 그렇게 부풀어올라서 가득 찼고, 그렇게 멀어져갔다.

바다의 짠맛과 햇볕의 향기로 소금은 탄생한다

옥구 염전은 올해의 첫번째 소금을 거두기 시작했다. 갯고랑에서 끌어올린 바닷물이 6단계의 저수장을 거치면서 증발하고 마지막 결장지에서 소금을 이룬다. 염전 사람들은 소금이 결장지 바닥에 엉기는 사태를 '소금이 온다'고 말한다. 소금은 멀리서 오는 소식처럼 조용히 결장지 바닥에 나타난다. 옥구 염전은 유하식流下式 염전이다. 제1저수장의 위치가 가장 높고, 바래어지는 바닷물은 비스듬한 경사를 따라서 아래로 내려가면서 마지막 결장지에 당도한다.

소금은 맛의 근원이다. 소금은 단지 짠맛일 뿐만 아니라, 다른 모든 맛을 맛으로 살아나게 한다. 재래식 천일염에서는 쓴 소금을 가장 나쁘게 알고, 짠 소금을 그다음, 짜고 또 향기로운 소금을 최상품으로 친다. 소금의 속성은 고요해야 한다. 짜고 향기로운 맛이 소금의 핵심부에 고요히 안정되어 있어야 하고, 어떠한 잡것도 거기에 섞여서는 안 된다. 짠맛은 바다의 것이고, 향기는 햇볕의 것이다.

햇볕과 바다의 정수가 소금 알 속에서 고요해야 한다. 대체로 알이 굵은 소금이 고요한 소금이다. 바람이 심하게 불어서 염전의 물이 흔들리는 날에는 좋은 소금을 거둘 수가 없다. 소금의 안정이 흔들려서 소금 알이 잘아지고 쓴맛이 완전히 빠져나가지 않는다. 흐린 날 거두는 소금도 좋은 소금이 아니다. 이런 소금들은 알이 잘고 결장지 바닥에 끈끈하게 달라붙는다. 좋은 소금은 바닥에 달라붙지 않고, 모래처럼 서걱거린다. 염전 사람들은 날이 흐리고 비가 올 조짐이 보이면 결장지의 물을 땅 밑의 저장고 속으로 감춘다.

바람 한 점 없는 여름날, 뜨거운 폭양 아래서 짜고 향기롭고 굵은 소금은 익는다. 이런 소금의 삼투력은 깊고 그윽하다. 이런 소금이 젓갈을 삭히고 재료들의 향기를 드러나게 한다. 바람 부는 날의 들뜬 소

군산 옥구 염전의 여름

소금은 '소식'처럼 이 염전에 내려온다.
바람이 멎어서 물이 흔들리지 않고 다만 폭양이 내리쪼일 때
굵고 향기로운 소금은 온다.

금은 쓰다. 가장 고통스런 날에 가장 영롱한 결정체들이 염전 바닥에 깔린다. 옥구 염전에서 '소금이 온다'는 말은 의미심장하게 들린다. 염전 사람들한테서 이런 것들을 배웠다.

도요새에 바친다
만경강 하구 갯벌

에베레스트나 낭가파르바트를 오르는 등반가들은 8,000미터의 눈 덮인 산정에서 얼어붙은 철새들의 시체를 발견하는 수가 있다. 캐나다 북쪽 툰드라 숲에서 발진하는 철새들의 대륙횡단 비행 편대는 아시아 대륙의 중심부를 관통한다. 새들은 히말라야를 넘어서 인도의 남쪽 아라비아 해로 이동하는데, 히말라야 상공의 돌개바람 속에서 기력이 쇠진한 새들은 눈 덮인 산꼭대기에 떨어져 죽고, 발 붙일 곳 없는 산맥의 상공을 통과하는 바쁜 새들의 무리는 추락하는 자들의 죽음을 애도하지 않는다.

낭가파르바트 봉우리가 눈보라에 휩싸이는 밤에, 비행 진로를 상실한 새들은 화살이 박히듯이 만년설 속으로 박혀서 죽는다. 눈먼 화살이 되어 눈 속에 꽂혀서 죽은 새들의 시체는 맹렬한 비행의 몸짓으로 얼어붙어 있다. 죽은 새들은 목을 길게 앞으로 빼고, 두 다리를 뒤쪽으로 접고 있다. 눈 속으로 날아와 박힌 새들은 비행하던 포즈대로 죽는다. 낭가파르바트 북벽에 부딪히는 새들은 화살처럼, 총알처럼, 바람처럼 죽는다. 새들은 고속 돌진의 자세로 죽는다. 날개 달린 몸으로 태어난 그것들의 꿈은 유선형으로 얼어붙어 있고, 그 유선형의 주검은 죽어서도 기어코 날아가려는 목숨의 꿈을 단념하지 않은 채, 더 날 수 없는 날개를 흰 눈에 묻는다.

낭가파르바트를 동행 없이 혼자서 오르는 과묵한 등반가들이 눈 속에 박힌 새의 시체를 눈물겨워하는 것은 그 유선형의 주검에서 자신의 운명을 읽기 때문일 것이다. 그러하되 만년설에 묻힌 날개의 꿈은 그 떠도는 종족의 운명 속에서 부활하는 것이어서 모든 새들은 마침내 살아서 돌아온다.

뉴질랜드 북쪽 해안에서 발진하는 도요새 무리들은 남태평양 중앙 회랑을 따라서 연안에서 연안으로 이동하면서 알래스카로 간다. 낯선 대륙의 연안들을 징검다리처럼 건너온 도요새 무리들은 지난 4월 첫째주에 한반도의 서쪽 연안, 만경강 하구의 갯벌에 당도하였다. 새들의 무리 중에서도 친애하는 종자들이 따로 있는 것인지, 새들은 수십 대의 비행 편대로 나뉘어 저녁 하늘을 연기처럼 흘러서 갯벌 위에 내려앉았다. 먼바다에서부터 날개 각을 낮게 숙여 바람에 몸을 맞춘 새들은 날갯짓 한번 퍼덕거리지 않고 고요히 강 하구 쪽으로 방향을 틀었다. 죽지 밑에서부터 날개 끝에 이르는 비행근육을 작동시키는 새들의 앞가슴 용골돌기는 완강하고도 기름졌다.

새떼들 돌아오는 저녁 하늘에서, 이미 며칠 전에 이 갯벌에 당도했던 도요새의 종족들은 다급한 목소리로 울면서 패거리를 불러모아 또다시 북행하는 발진 대열을 정비하고 있었다. 그것들은 고향이 없으므로 타향이 없다. 그것들은 여러 대륙과 반도와 섬의 연안에서 머무르고 떠난다. 알에서 태어나 바람 속을 떠도는 그것들의 고난은 포유류에서 태어나 정주하는 땅에 결박되는 자들의 고난을 동료 중생의 이름으로 위로할 만하다.

새들은 다만 먹기 위하여 이 갯벌로 날아오는 것처럼 보인다. 썰물을 따라서 갯벌의 맨 가장자리로 나갔던 새들은 밀물에 밀리면서 사람의 마을 쪽으로 가까이 온다. 썰물과 밀물 사이의 넓은 갯벌에서 새들은 쉴새없이 부리로 갯벌을 쑤시며 먹이를 찾는다. 먹어두어야 또 날아갈 수가 있는 것이다. 새들은 제 몸을 태워서 날아갈 수밖에 없다. 도요새는 부리를 뻘 속에 끌면서 밀물에 밀린다. 물떼새는 뻘 위로 올라온 먹이를 육안으로 감지하고 부리로 쪼지만, 도요새는 먹이를 조준하지 못한다. 도요새는 뻘 속에 파묻힌, 보이지 않는 먹이를 덮어놓고 쪼아댄다. 어쩌다가 걸려드는 것이다. 그러니 죽지 않으려면, 보이지 않는 먹이를 향해 쉴새없이 부리를 내리꽂아야 한다. 그래서 그것들의 부리는 딱딱하기보다는 부드럽고 민감하다. 무작위로 선택한 뻘흙 속에 부리를 찔러넣고 그 안에 넘길 만한 것이 들어 있는지 판단해야 한

만경강 갯벌의 도요새

"도요새는 풍문처럼 와서 풍문처럼 가지만, 그들의 날아가는 생애는 처절한 싸움의 일생이다."

다. 넘어가는 것보다 뱉어내야 할 것이 언제나 훨씬 더 많다.

밥 먹기의 어려움은 도요새나 저어새나 대동소이하다. 저어새의 부리는 넓적하다. 밥주걱처럼 생겼다. 저어새는 이 넓적한 부리로 하루 종일 뻘밭을 훑는다. 들짐승이 밥을 먹는 모습과 같다. 부리 안에 물린 흙 속에서 넘길 것은 넘기고 나머지는 뱉는다. 먹이를 넘길 때마다 길고 가는 목줄기가 껄떡거린다. 저어새는 위태로운 멸종 위기의 새다.

4월 8일 오후 4시께 옥구 염전 앞 만경강 하구에는 밀물에 밀리는 저어새 열세 마리가 가까운 갯벌과 갯고랑에 입질을 하고 있었고, 사리 만조가 갯벌을 다 뒤덮자 발 붙일 곳 없고 먹을 것 없는 도요새들은 갈대숲으로 날아들었다. “하늘을 나는 새를 보라. 심지도 거두지도 않고 곳간에 쌓아두지도 않거늘, 하늘에 계신 너희 아버지께서 먹이시느니라”라는 마태복음의 축복은 아마도 저 배고픈 새떼들의 고난에 바쳐진 것이리라. 그러나 마태복음 속의 새는 천국의 새고, 만경강 하구의 새들은 인간이 낙원에서 쫓겨날 때 함께 이 세상으로 쫓겨난 실낙원의 새떼들처럼 보였다.

진화가 생명의 운명이라고 믿는 사람들은 도요새가 중생대 백악기의 어느 갯가에서 그 종족의 독자성을 완성한 것으로 보고 있다. 수억만 년의 시공을 그것들은 해독되지 않는 높은 옥타브로 울면서 연안에서 연안으로 퍼덕거린다. 수억만 년 전에 이미 멸절된 종족의 직계 후손으로 이 연안에 내려온 새들은 또다시 수억만 년 후의 멸절을 향하여 필사적으로 날아간다. 지나간 멸절과 닥쳐올 멸절만이 그것들의 고향이고, 그것들은 이 세상의 모든 연안을 나그네로 떠돌며 고향으로 가고 있다. 그러므로 『종의 기원』 속의 새들은 창조주께서 보시기에 좋았다던 낙원의 새들보다 덜 아름답지 않다. 다만 불우하다. 이승의 연안에 내리는 다윈의 배고픈 새들은 멸절과 멸절 사이의 시공을 울면서 통과하는 필멸의 존재로서 장엄하다. 저무는 만경강 하구 갯벌 위로, 새들은 돌아오고 또 돌아온다. 새들은 살아서 돌아온다.

갈대는 바람과 더불어 피고 진다

갯가의 풀들은 바다 쪽으로 갈수록 키가 작아진다. 갈대가 사람 쪽으로 가장 가깝고, 갈대숲 너머는 갯잔디, 그 너머는 칠면초, 그 너머는 퉁퉁마디이다. 밀물 때면 먼 풀들은 물에 잠기고, 새떼는 갈대숲으로 날아든다.

바람 속으로 씨앗을 퍼뜨리는 풀들은 빛나는 꽃을 피우지 않고, 영롱한 열매를 맺지 않는다. 갈대나 억새가 그러하다. 갈대는 곤충을 부르지 않고, 봄의 꽃들처럼 사람을 유혹하지도 않는다. 갈대는 바람 부는 쪽으로 일제히 쓰러지고 바람의 끝자락에서 일제히 일어선다. 갈대는 싹으로 솟아오를 때부터 바람에 포개지는 모습을 갖는다. 뿌리를 박은 땅과 바람에 떠도는 씨앗의 하늘 사이에서 갈대는 쓰러지고 일어선다. 갈대는 초겨울에 흰 솜 같은 꽃을 피우고, 바람이 마지막 씨앗을 훑어낼 때까지 갈대의 뿌리는 바람에 끄달리면서 바람에 불려가지 않는다. 갈대의 엽록소는 다른 풀들의 엽록소처럼 햇빛에 빛나지 않는다. 갈대에게는 푸르른 기쁨의 시절이 없다. 갈대는 새싹으로 솟아오르는 시절부터 풍화를 시작한다.

그것들은 어렸을 때부터 땅에 얽매인 채로 바람에 풍화되어간다. 4월의 빛나는 산하에서는 겨울을 난 갈대숲이 가장 적막하다. 모든 씨앗들이 허공으로 흩어진 뒤, 묵은 갈대숲은 빈 껍데기로 남아서 그 껍데기까지도 바람에 불려간다. 손으로 만지면 먼지처럼 바스라진다. 바다로 불려간 씨앗들은 다 죽고, 갯벌 위로 떨어진 씨앗에서 어린 갈대 싹들이 돋아나 다시 바람에 포개진다. 이제 갈대 줄기가 쓰러질 차례다. 그 갈대숲 속에 새들의 날개 치는 소리 들린다. 만경강 하구의 갈대숲은 넓다.

바다 한가운데를 향해 나아가는 자전거

남양만 갯벌

갯벌의 법률적 지위는 공유수면이다. 법은 갯벌을 땅이 아니라 바다로 규정하고 있다. 바다는 필지로 나누어 개인이 소유권을 등기할 수가 없다. 갯벌의 법률적 소유권자는 국가다. 그래서 공유수면의 공유公有는 공동체의 총유總有라는 뜻이 아니라 국가의 독점소유라는 뜻이다. 갯벌에서 양식어로나 채취어로로 삶을 영위하는 연안 어민들은 국가의 바다를 관습적으로 이용해서 수익을 얻는 권리 없는 사람들이다. 국가가 갯벌을 매립하면 연안 어민들은 관행적 수익에 대한 보상을 받는다. 떠나든지, 땅으로 바뀐 갯가마을에 눌러앉아 살든지는 각자 알아서 할 일이다. 연안 어민들은 갯가에 살기는 하지만 그 갯벌을 관리하는 법제 안에 살지는 않는다.

공유수면매립법에 따르면 국가나 지방자치단체, 정부투자기관, 그

말라버린 남양만 갯벌 속에 새겨진 바닷물 리듬

화옹방조제가 완공되자 남양만 갯벌은 말라버렸다.
2년 전까지 밀물 때면 바다 밑이었던 이 갯벌을 이제는 자전거로 달린다.
말라버린 갯벌에는 바닷물 밑의 리듬이 드러났다.

리고 국가의 허가를 받은 민간인은 바다를 막아 갯벌을 매립할 수 있다. 방조제 공사에는 막대한 비용과 오랜 세월이 소요된다. 매립을 허가받은 자가, 방조제와 그 부대시설이 완공되고 준공검사를 받으면 그 공사비 총액과 이자 총액에 해당하는 만큼의 매립지에 대한 소유권을 취득한다.

갯벌은 막는 자의 것이다. 공유수면은 사유토지로 바뀌어간다. 서산 간척지는 현대그룹의 땅이고 인천 간척지는 동아그룹의 땅이다. 현대 간척지에는 호텔, 콘도, 골프장이 들어설 작정이고, 동아 간척지의 토지 용도는 허가 당시의 농업용에서 공업용으로 바뀌어가고 있다.

남양만 갯벌이 화옹방조제로 막힌 지 2년이 지났다. 화옹방조제는 경기도 화성시 우정읍 매향리에서 화성시 서신면 궁평리까지의 바다를 막은 9.8킬로미터다. 궁평리 쪽에 길이 100미터의 배수갑문이 뚫려 있다. 바닷물 한 줄기가 이 배수갑문을 통해서 남양만 북쪽으로 길게 흘러들어오고, 물길이 닿지 않는 갯벌 전체는 아득한 지평선을 그으며 이제 땅으로 변해간다. 2년 전의 바다 한가운데를 향해 자전거는 나아갈 수 있다.

이 말라가는 갯벌은 인공과 자연, 연속과 단절, 물과 땅 사이에 끼여서 바래어지는 시간의 풍경을 보여준다. 드러난 바다의 속살이 낮은 언덕과 고랑으로 끝없이 출렁거리면서 지평선에 닿는데, 언덕은 이내 말라서 허연 소금을 뒤집어썼고, 고랑은 때때로 비에 젖어 아직도 습하다. 이 마른 갯벌의 한가운데 서면 언덕과 고랑은 전방위로 펴져나가고 먼 언덕들이 소금기를 몰아가는 바람에 흔들려 시선은 자주 어지럼증을 일으킨다. 다시 시선을 수습해서 먼 곳을 바라보면 언덕과 고랑 들은 불쑥불쑥 마구잡이로 그 마른 갯벌에 들어선 것이 아니라, 고랑들은 길게 굽이치고 휘어지면서 이어져나가고 언덕들이 그 언저리를 따라가며 솟고 또 잦는 것이어서 언덕과 고랑은 물의 흐름과 시간의 흐름에 실리는 계통을 이루고 있었음을 알 수 있다. 그 고랑과 언덕의 무수한 계통들은 마른 갯벌을 가득 채우며 합쳐지고 또 갈라지면서 더 큰 계통을 이루며 이제는 막혀버린 바다 쪽으로 나아가는데, 그 먼 쪽은 저녁의 어스름 속으로 풀어지면서 언어의 추격권을 벗어나고 있다. 언어는 갯벌에 주저앉아 마땅했다. 바다의 속살 위로 자전거를 몰아가는 이 마른 갯벌의 낯선 풍경은 시간의 작용과 공간의 작용이 합쳐져서 이루어내는 생성과 소멸이었고 지속과 전환이었는데, 시간과 공간은 바닷물 밑에서 만나 시간도 아니고 공간도 아닌 세상을 열어내고 있었다. 거기서는 생성, 소멸, 지속, 전환 따위의 어떠한 개념적 언어도 저 혼자서 독자적 의미의 힘으로 자립할 수 없을 것이었다. 아마도 저절로 되어진 모든 것들은 필연적일 것이고, 바다의 속살이 말라가는 이 갯벌에서는 필연이 자유의 반대말도 아니었다.

남양만의 25,000분의 1 지도를 읽는 일은 섬세한 이미지들로 가득한 시를 읽는 것과 같다. 거기서 바다와 육지는 은밀한 풍경을 이루며 교접한다. 큰 갯고랑 하나가 강처럼 내륙을 깊이 파고들면서 장덕리 포구에 닿아 있고, 이 갯고랑을 줄기로 삼아 다시 남쪽으로 10여 개의 작은 해수로들이 가지를 뻗어 육지의 안쪽을 향한다. 그 마을의 들은 바다를 빨아당기는 흡반처럼 보인다. 해수로를 따라 배들이 드나들어서 물길이 끝나는 마을마다 작고 오래된 포구들이 들어서 있었다. 지금은 물길이 막혀서 어선은 떠났거나 뻘에 처박혔고 포구는 문을 닫았다.

남양만 갯벌은 입자가 고와서 깊이 빠지는 뻘이었다. 전국에서 먹는 가리맛조개의 50퍼센트 이상이 이 뻘에서 잡혔다. 남양만의 가리맛조개는 다 죽었다. 빈 껍데기들이 캄캄한 뻘흙을 물고 마른 갯벌 위에 널려 있다. 게들이 떠난 빈 구멍들이 햇볕에 말라서 먼지를 날린다. 게들은 아마 물이 흐르는 뻘의 북쪽으로 갔을 것이다. 게가 떠난 지 얼마 안 된 구멍에는 게가 밀어낸 흙덩이들이 남아 있다. 갯지렁이들도 북쪽 물가에 모여 있고 새들도 아직 젖어 있는 뻘 쪽으로 옮겨갔다. 산 것들은 모두 물 흐르는 쪽으로 몰려갔고 오래된 갯가마을들은 내륙 속에 고립되었다. 육지에 가까운 갯가에는 민들레, 쑥 같은 육지식물들이 번지기 시작했고 나문재, 칠면초와 같은 염생식물들은 갯벌 안쪽에서 겨우 세력을 유지하고 있다. 땅에 소금기가 다 빠지면 염생식물들이 사라지고 육지식물들이 이 2년 전의 바다를 차지하게 될 것이다. 생명은 무너져가는 과정에서조차도 그 고유한 질서를 완성한다. 이제 간척지 중앙의 넓은 갯벌에는 벌레 한 마리도 살지 않는다. 이 황무지가 바다 밑의 굴곡을 드러내며 끝없는 언덕과 고랑으로 출렁거리고, 마른 갯벌은 생성과 소멸의 추억으로 가득 차 있다. 멀어서 말라가는 갯벌 위로, 아직도 실개천 같은 바닷물 한 줄기가 이어져서 밀물을 받아낸다.
썰물이면 이 실개천에도 물이 빠지고 작은 게들이 햇볕을 피해 마른 갯벌을 파고든다.

보이지 않는 새들이 높은 목청으로 울었다.

바다가 육지로 변해가는 이 공유수면의 마른 갯벌은 아직은 분양되지 않은 공유토면이다. 더 늦기 전에 다들 한 번씩 가볼 만하다. 무엇을 얻고 무엇을 잃는 것인지, 무엇이 변하고 무엇이 변하지 않는지, 그 공유토면은 가르쳐준다.

염분 찾아 떠난 노을빛 칠면초

칠면초는 서해안 갯벌에서 넓은 세력을 이루는 염생식물이다. 칠면초는 마른 흙, 젖은 흙을 가리지 않고 염분이 있는 갯벌에 고루 퍼진다. 칠면초는 붉다. 그 붉은색은, 갯벌의 무채색을 닮아 어둡다.

칠면초는 해 넘어가기 직전의 노을빛이다. 갯벌의 색깔과 칠면초의 색깔은 습합되어 있다. 칙칙한 갯벌 위에 붉은 칠면초 군락이 펼쳐진 풍경은 서해안의 특징적 색감을 이룬다. 이 색감은 광활한 공간에 펼쳐져 있고 그 공간감 속에서 다시 새롭게 전개되는 색감은 무정형하다.

서해안 갯벌에서 공간의 색감은 개별적 존재들로서 색감의 총화를 넘어서고, 전체는 개체들의 집합보다 훨씬 크다. 여기서는 더하기와 빼기의 사유질서가 무너진다. 전체는 전체로서의 독자적인 질감과 색감과 크기를 이루는데, 이 전체는 시간 속에서 끝없이 변한다. 말라가는 남양만 갯벌에서 칠면초를 앞세운 염생식물들은 아직도 소금기가 남아 있는 간척지의 중앙부를 향해 세력권을 넓혀가고 있다.

육지 쪽 갯벌에는 이미 염분이 빠져서 개망초, 여뀌, 쑥부쟁이, 달맞이꽃 같은 육지식물들이 쳐들어오기 시작했다. 칠면초는 갯벌의 연안을 육지식물에게 내어주면서 중앙부를 향해 나아간다. 아직도 습기가 있는 고랑을 따라서 칠면초들은 나아가고 있다. 육지식물의 추격은 빠르고, 추격의 방향은 광범위하다.

칠면초들이 메마른 중원에 당도할 수 있을는지는 알 수 없지만 그 중원도 이윽고 소금기가 빠져버릴 것이다. 남양만의 마른 갯벌 위에 칠면초의 군락들은 땅 위에 번진 마지막 노을처럼 메마른 중원으로 쫓겨가고 있다. 2년 전의 바다 밑에는 민들레가 피고 달맞이꽃이 핀다.

멸절의 시공을 향해 흐르는 '갇힌 물'

남양만 장덕 수로

이제 경기만, 남양만, 아산만, 천수만은 바다 위로 뻗은 4차선 도로를 달려서 찾아가기보다는 방조제가 막히기 전에 제작된 25,000분의 1 지도를 들여다보는 편이 훨씬 더 산하의 진실에 가깝다. 지도는 산하에 대한 인간의 몽상을 흔들어 깨우는데, 이 깨어남은 등고선, 해수로, 연안 항로, 지방 2급 하천, 소하천, 등대, 농로, 우마차로, 임도, 포구, 양수장, 배수장, 저수지, 전, 답, 염전, 성곽, 우물 같은 표지물들의 엄격한 사실성에 바탕한 것이다. 그래서 이 몽상은 산하의 물적 토대를 확보한 과학이다.

오래된 지도는 더이상 사실에 관한 정보를 담고 있지 않지만, 남양만에서는 토목공사가 이루어낸 거대한 사실의 풍경이 오히려 몽환처럼 보인다. 경기만과 남양만 일대에서 내륙으로 편입되어서 사라진 포구들은 아마도 100여 개소가 될 것이다. 긴 갯고랑 언저리에 들어서 있던 그 포구들은 대체로 포, 진, 곶, 고잔, 머리, 개, 여, 말, 들, 안, 뿌리, 게미, 배미, 끝, 너머 같은 이름을 달고 지금은 물길이 끊어진 내륙이다.

남양만의 장덕 수로는 아직도 바다의 냄새를 간직하고 마른 갯벌 위를 흘러간다. 장덕 수로는 남양만의 주류 갯고랑이다. 장덕 수로는 갯벌의 북쪽을 길게 파고들어가면서 남쪽 갯벌 위로 10여 갈래의 작은 갯고랑들을 거느렸다. 남양만이 화옹방조제로 막히기 전에 장덕 수로의 수심은 갯벌보다 7~8미터 낮았다. 썰물 때도 배들은 이 갯고랑 수로를 따라서 왕모대, 사곶, 고모, 호곡, 고온이, 선창 같은 작은 어촌마을들을 지나서 장덕 포구에 닿았다.

장덕 포구는 갯고랑이 끝나는 내륙 안쪽의 어항으로, 오랫동안 이 남양만 갯벌의 생산과 교역의 중심부였다. 장덕 포구도 지금은 내륙이다. 지금, 장덕 수로의 바닷물은 화옹방조제의 궁평리 쪽 끝부분에 뚫린 100미터의 배수갑문을 통해서 흘러들어온다.

장덕 수로는 2008년 안에 시화호처럼 내륙의 담수호로 바뀔 운명인데, 그 기간에 수질오염을 막기 위해 주기적으로 수문을 열어서 바닷물을 바꾸어준다. 바다는 인간이 구멍을 열어줄 때만, 인간이 만든 구멍으로 드나든다. 장덕 수로는 우리에 갇힌 짐승처럼 사육되고 관리되면서 사막처럼 말라버린 갯벌 위에 펼쳐져 있다.

장덕 수로는 마지막 숨을 이어가며 겨우겨우 흐른다. 멱통이 막힌

장덕 수로는 남양만 갯벌을 동서로 길게 흐르면서 이 갯벌의 마지막 날들을 적셔주고 있다.
갯고랑은 아직 살아 있는 것들을 물가로 불러모으고,
아직 떠나지 않은 새와 게와 풀들은 이 물가에 모여 산다.

이 수로는 아직 아주 죽지는 않아서 멸절이 임박한 모든 살아 있는 것들을 기어이 멸절의 물가로 불러모은다. 불러모으면서, 마른 갯벌의 아득한 소금밭을 건너간다. 남양만에서는 살아남은 것들이 살아남은 것들 쪽으로 가까이 모이면서 멸절의 운명을 맞는다. 마른 뻘에서 살아남은 가리맛조개와 게 들은 모두 이 수로 쪽으로 왔고, 원양을 건너오는 새들도 아직은 이 수로에 내려앉아 젖은 흙을 들쑤셔서 먹는다. 지난 4월 말에는 세계적인 희귀종인 저어새가 몇 마리 다녀갔고, 도요새의 무리들도 다녀갔다.

새들이 이 빈곤한 습지를 계속 찾아오는 이유는 알 수 없다. 무착륙 비행으로 원양을 건너오는 새들이 대륙과 대륙 사이에서 어떻게 방향감을 유지하는 것인지를 나는 알 수 없다. 새들의 나라에도 등대나 항로표지나 관제탑이나 무선국이 있는 것인지, 아니면 별과 별 사이에서 방향을 인도하는 강력한 추억의 힘이 작용하고 있는 것인지를 나는 알지 못한다. 수억 년 동안 갯벌 먹이사슬의 최정상을 누리던 새들의 한 종족이 어째서 시공 속에 후손을 남기지 못하고 멸절의 운명을 맞는 것인지, 그 종족의 내막을 나는 몰라 마땅하다. 내가 알 수 있는 것은 갯벌을 쑤시는 저어새의 몸매와 동작이 정주하지 않고 떠도는 자의 육신을 완성하고 있다는 정도다.

새들은 썰물에 먹고 게들은 밀물에 먹는다. 썰물의 갯벌에 내려앉은 저어새는 긴 다리로 성큼성큼 걷는다. 저어새는 개흙을 몸에 묻히지 않고 뻘물에 몸을 적시지 않는다. 저어새는 필요한 최소한의 뻘만을 딛고, 몸을 뻘에 섞거나 비비지 않는다. 저어새는 뻘에서 먹지만 그 뻘에 속하지 않는다. 저어새는 이 섭생의 물가가 자신의 고향이 아니라는 운명을 체득한 자의 낯선 동작으로 그 뻘 위를 걷는다. 날개와 부리와 다리가 이 정주하지 않는 것들의 존재의 집이다. 유랑의 살림살이는 모두 몸속에 구현되어 있다.

저어새의 부리는 넓적하고 도요새의 부리는 뾰족하다. 그래서 저어새와 도요새는 같은 구역에서 먹이의 적대관계를 겨우 피해가는 듯싶다. 저어새는 갯벌 위를 기어가는 것을 주워서 먹고 도요새는 뻘 속에 숨은 것들을 쑤셔서 먹는다. 저어새의 넓적한 부리는 둔하고 어눌한 입처럼 보인다.

저어새가 먹는 모습을 들여다보면, 그 넓적한 부리가 그들 종족의 멸절의 한 원인이 아닐까 하는 느낌이 오기도 하지만, 새들에게 새들의 일을 물어볼 수가 없다. 도요새의 무리들은 부리의 길이가 종마다 다르다. 종달도요의 부리는 1센티미터 정도이고 알락꼬리도요의 부리는 10센티미터에 달한다. 부리의 길이에 따라 뻘 속에 숨은 먹이의 층위가 갈라져서 도요의 무리들은 같은 구역 안에서 다투지 않고 먹이를 독점하지 않으면서 먹이사슬의 상층 지위를 함께 누린다.

멸절의 시공을 향해 흐르는 장덕 수로에 멸절의 시공을 날아가는 저어새들이 내려앉는다. 새들은 멀어서 잘 보이지 않고, 날카로운 울음소리가 마른 갯벌을 건너온다. 부리가 뾰족한 것들과, 넓적한 것들과, 긴 것들과, 짧은 것들이 마침내 함께 쑤실 것이 없고 넘길 것이 없

왕모대 포구의 낡은 생선가게 터

왕모대 포구는 내륙에 고립되어 뱃길이 끊겼고
생선을 팔던 가게 터가 남아서 창고로 쓰이고 있다.
좌판 앞에는 생선 씻은 물을 빼내는 고랑이 파여 있다.

는 날들이 장덕 수로 언저리에 다가오고 있다. 장덕 수로는 그 마지막 날까지 산 것들을 불러모아 빈약한 마지막 먹이를 대접하면서 여전히 내륙 깊숙한 곳을 향하고 있다.

오래된 역사의 원점

마산포경기도 화성시 송산면는 경기만의 남쪽 포구로 영흥도, 덕적도를 거쳐 중국 난징南京과 교역하였다. 648년 신라 재상 김춘추가 한반도에 당나라 군대를 끌어들이러 중국으로 갈 때 이 포구에서 떠났다. 1882년 임오군란 때는 명성황후의 요청을 받은 청나라 군대가 이 포구로 상륙하였다.

청나라 군대는 수원을 거쳐 서울로 쳐들어가서 대원군을 붙잡았다. 대원군은 이 포구에서 중국으로 끌려갔다. 경기만이 시화방조제로 막히자 마산포는 내륙이 되었고, 그 앞바다의 형도와 어도는 산봉우리만 갯벌 위로 떴다. 방갈로가 들어섰고 포구와 섬 사이의 갯벌은 경비행기 연습장이나 서바이벌 게임장이 되었다. 어민들은 포도농사로 생업을 바꾸었으나 마른 갯벌을 쓸어오는 소금바람과 겨울철에 얼어붙는 담수호의 냉해로 시공회사측과 분쟁이 일고 있다.

선창 포구는 화성호 안쪽이다. 화옹방조제가 물길을 끊어서, 이제는 이름만 선창이다. 선착장과 횟집은 그대로 남아 있는데, 바닷물이 없다. 배들은 방조제 밖 궁평리나 매향리 포구로 옮겨갔다. 선창 포구의 횟집은 이제는 다른 포구에서 생선을 받아다가 팔고 있다.

왕모대는 남양만 안쪽의 장덕 수로 북쪽에 들어선 포구다. 장덕 수로에 배가 들어오지 않자 포구는 이제 문을 닫았다. 배가 없어진 수로에는 윈드서핑을 하는 젊은이들의 돛단배가 모여들어 있다. 2년 전까지 여러 TV 방송들이 내 고향 자랑, 특산품 자랑을 촬영하던 포구다. 두 군데 남은 횟집들도 방조제 위 점포로 떠날 작정이다. 삶의 방식과 기본구조 전체가 지속 불가능하고 회복 불가능한 방식으로 단절되었다. 오래된 마을들의 역사는 이제 0에서부터 새로 시작되고 있다. 고립된 마을마다 선착장이 남아서 마른 갯벌 쪽으로 뻗어 있다.

시원의 힘, 노동의 합창
선재도 갯벌

시화방조제 위 4차선 도로는 바다를 가로질러 금을 그은 일직선이다. 이 도로를 자동차로 달릴 때, 운전자의 시야 속에서 도로의 전방은 소실점에 닿아 있고 가로등이 바다와 수평선을 토막쳐낸다. 내륙 쪽 인공호수도 바다처럼 수평선을 긋고 있는데, 고압전선을 늘어뜨린 높은 송전탑의 대열이 그 넓은 물을 건너간다. 일직선의 제방으로 막힌 바다와 호수는 가로등과 송전탑으로 구획되면서 소인국小人國의 해안 풍경으로 백미러를 흘러나간다. 이 도로의 운전자들은 바다조차도 토목구조물이라는 착각에 빠지기 십상이고, 가속기 페달을 세게 밟을수록 이 착각은 심화된다.

경기만, 남양만, 아산만의 해안선은 시멘트 제방으로 막혀 일직선으로 변해간다. 시화방조제, 화옹방조제, 탄도방조제, 남양방조제,

선재도 갯벌의 바지락잡이는 일차 산업 노동의 장관을 이룬다.
신석기의 조개무덤이 남아 있는 그 갯벌에서 사람들은 아직도 똑같은 노동으로
바지락을 잡는다. 이 마을 어촌계는 한 가구당 하루 40킬로그램 이상의 어획을 금한다.
오랜 생산과 분배의 질서이다.

석문방조제, 대호방조제, 삽교방조제가 갯벌을 막았고, 대규모 항만과 임해공단, 산업단지, 자동차주행시험장, 해안도로, 섬들을 잇는 초대형 교량들이 해안 풍경을 직선으로 바꾸어놓았다. 새로 나온 서해안 50,000분의 1 지도는 한국 토목기술발달사 연표와 같고 서해안의 대한민국은 토목국가다. 아직도 살아남은 갯벌은 그 토목의 풍경 사이에 겨우 끼여 있다.

대부도 동쪽 선재도 갯벌과 화성시 서신면 갯벌은 방조제와 방조제 사이에서 살아남았다. 선재도 갯벌에서는 연간 이십억원어치의 바지락이 잡힌다. 서신면 갯벌에서는 아직도 떠나지 않은 염전들이 초여름의 소금을 긁어모으기 시작했다.

선재도 갯벌의 조개잡이 역사는 10,000년이 넘는다. 선재도 사매기 갯벌, 버드러지 갯벌, 앞골 갯벌에는 10년 전까지 조개무덤 8개가 남아 있었다. 경기도박물관은 그중 2개를 신석기의 조개무덤으로 확인했다. 이 갯벌마을에서 8대, 300여 년의 세거를 이어가는 이승인55 · 선재어촌계장씨에 따르면, 이 신석기 조개무덤은 피라미드 모양으로, 밑동이 백 50여 평, 꼭대기가 10여 평, 높이는 10미터 정도였는데, 그 꼭대기는 전망이 좋고 바람이 시원해서 여름 저녁에 마을 사람들이 올라가서 밥해 먹고 놀았다고 한다. 어느 해인가 양계장에 사료를 공급하는 업자들이 섬으로 몰려와 제분공장을 차려놓고 이 신석기의 조개껍데기를 빻아서 배로 실어냈다. 업자들은 이 섬에서 7~8년 동안 성업을 누리면서 무덤을 다 파먹고 떠났다. 조개무덤은 사라졌고 밑동의 흔적만 남았다. 이승인씨에 따르면 신석기의 조개 껍데기는 전부가 바지락이었다고 한다.

선재도 갯벌 어촌계 270가구 어민들은 신석기의 바지락 껍데기 무덤이 들어선 바로 그 갯벌에서 지금도 바지락을 잡는다. 굵은 모래와 잔돌멩이가 많이 섞인 이 갯벌은 호미로 긁으면 버스럭거리는데, 이 굵고 거친 갯벌에서는 바지락 이외의 조개류는 세력을 형성하지 못한다. 수만 년 동안 갯벌은 온통 바지락뿐이다. 어민들은 썰물에 나가고 밀물에 돌아온다. 물이 들고 나는 날짜와 시간에 따라, 여기저기서 드러나고 잠기는 갯벌을 따라서 어민들은 작업장을 바꾸며 이동한다. 안 봐도 알 수 있거니와, 이 갯벌에서 신석기를 살았던 사람들의 작업 방식도 이와 다를 수는 없었을 것이다. 바다의 순환과 갯벌의 자생력이 그 수만 년의 세월을 순일하게 버티어내고 있다.

갯벌에는 시간이 쌓이지 않고 시간이 흔적을 남기지 않는다. 갯벌은 역사를 이루지 않지만, 갯벌은 신생하는 순결한 시간의 힘으로 역사를 넘어선다. 갯벌에서 바지락을 캐는 사람들의 풍경은 제 손으로 먹이를 찾아 거두는 일차 산업의 시원적 경건성을 느끼게 한다. 작은 새우 새끼들도 제 몸을 방어하기 위한 갑옷을 입고 태어난다. 새우는 어린 조개를 먹고 자라서 가자미에게 먹힌다. 어린 조개는 플랑크톤을 먹는다. 어렸을 때는 가자미에게 먹히고 자라면 갈매기와 인간에게 먹힌다. 인간은 고래를 먹고 상어를 먹을 수 있지만, 먹이사슬의 아래쪽 전부를 먹을 수 있는 것은 아니다. 인간이 삼킬 수 있는 하층부의 먹이는 5, 6단계의 사슬을 거치며 올라와야 한다. 갈매기가 바지락을 쪼아 먹고 인간이 바지락을 주워 먹을 때 인간과 갈매기는 먹이사슬 속에서 조개 이하의 하층구조에 대해서 동격이다. 바지락 캐는 풍경의 시원적 경건성은 이 동격의 운명에서 비롯된다. 바지락을 담은 인간의 소쿠리를 향해 날쌘 갈매기들은 사납게 달려든다.

갯벌의 먹이사슬은 약육강식의 고통이라기보다는 순환하는 먹이의 조화와 질서를 느끼게 한다. 새가 벌레를 쪼아 먹는 사태 앞에서 부처가 느낀 절망은 그 개별적 존재들의 고통을 사유하고 있다. 그때 부처는 미성년이었다. 갯벌은 미성년의 슬픔을 훨씬 넘어선 공간으로 펼쳐져 있다.

선재도 어촌계에서는 한 가구당 하루에 바지락 40킬로그램 이상을 잡지 못한다. 40킬로그램이 넘는 초과분은 어촌계에서 거두어 공동 분배한다. 40킬로그램은 요즘 가격으로 팔만원이다. 1년에 115~120일만 바지락을 캘 수 있다. 4개 어장을 차례로 돌아가면서 작업을 한다. 당일 작업의 어장 지정은 어촌계의 결정에 따른다. 외지인은 이 마을에 산 지 5년이 지나면 어촌계에 가입할 수 있다. 1인이 아니라 한 가구가 생산과 분배의 단위다. 그래서 노동력이 왕성한 젊은이들이나 친척이 많은 집에서 어장을 휩쓸어갈 수 없고 근력 없는 할머니들도 잡은 만큼의 대가를 받는다. 가구당 어획은 40킬로그램 한도 안에서만 이루어진다. 젊은이들의 불만이 없지 않지만 이 바지락 캐는 마을은 오랜 삶의 전통 속에서 자율적이고도 자생적으로 정착된 이 생산과 분배의 법칙을 지엄하게 준수하고 있다. 이 마을의 생산과 분배의 법칙은 인문적이다. 플랑크톤에서 갯지렁이와 어린 새우를 거쳐 바지락에 이르고, 바지락에서 다시 갈매기로 이어지는 갯벌의 먹이를 인간이 사는 마을의 먹이로 전환시키고 있다. 한 가구당 하루에 40킬로그램 미만인 것이다.

불안정 속의 안정

갯벌에서 자전거를 타고 놀려고, 자동차에 자전거를 싣고 갯벌로 갔다. 살아 있는 갯벌을 보려고 갯벌을 죽여가면서 새로 뚫은 방조제 위 4차선 도로를 자동차로 달려갔다. 방조제 길은 곧고 또 빨랐다.

갯벌에 닿아 자전거에서 내렸다. 바퀴가 빠져서 뻘 안으로 자전거를 몰아갈 수 없었다. 페달을 누르는 허벅지의 힘을 갯벌은 한없이 빨아들였다. 갯벌은 바퀴를 굴려서 나아가려는 인간의 힘을 밀어내주지 않았고 갯벌은 인간의 바퀴를 용납하지 않았다. 바퀴에 와 닿는 갯벌의 질감은 의지할 수 없이 불안정했고, 힘은 뻘 속으로 소멸해서 작동되지 않았다. 겨우 뻘 속으로 두어 바퀴 몰고 들어가자 힘의 방향은 가루처럼 분산되었다. 자전거는 무력하게 쓰러졌다. 갯벌에는 길이 없다.

장화를 신고 갯벌 안으로 걸어 들어갔다. 살아서 꼼지락거리고, 벌름거리고, 헐떡거리고, 흐느적거리는 것들과 헤집고, 긁고, 토하고, 숨고, 달아나고, 쫓고 쫓기는 것들이 쉴새없이 바닥을 뒤집어엎고 뒤

섞여서 휘젓고 있었다. 갯벌이 주는 공간 정서는 비논리적이다. 언어를 걸칠 만한 표적이 없고 논리를 비빌 언덕이 없다. 그리고 갯벌의 생태는 끝없이 질퍽거리고 뒤섞이는 진행형이다. 이 불안정이 갯벌의 안정성이다.

갯벌에는 바퀴의 길이 없지만 갯벌은 수억만 개의 작은 길들로 가득 차 있다. 그래서 갯벌은 갈 수 없는 큰 길이다. 자전거는 갯벌 가장자리에 머문다. 립스틱 짙게 바르고, 선글라스 짙게 쓴 여자들이 방조제 도로를 자동차로 달려와서 조개를 줍겠다고 갯벌로 들어가서 어촌계 소속의 등 굽은 할머니들과 나가라, 못 나간다며 악다구니를 하고 있다.

시간이 기르는 밭

아직도 남아 있는 서해안의 염전

염전은 갯가의 평야다. 바깥은 바다 쪽으로 펼쳐지고 안쪽은 야산에 기댄 마을에 닿는다. 염전은 폭양에 바래지며 해풍에 쓸리운다. 염전의 생산방식은 기다림과 졸여짐이다. 염전은 하늘과 태양과 바람과 바다에 모든 생산의 바탕을 내맡긴 채 광활하고 아득하다. 염전은 속수무책의 평야인 것이다.

염전은 바다를 밀어낸 인공의 들이고, 수산업과 농업의 사이에 끼여 있는 완충의 평야다. 염전은 잡거나 기르지 않고, 캐거나 따지 않는다. 염전은 기다리는 들이다. 온 들판에 펼쳐놓은 바닷물이 마르고 졸여져서, 그 원소의 응어리만으로 고요해질 때까지 염부는 속수무책으로 기다린다.

염전은 바다를 토대로 하지만 바다로 나아가지 않고, 넓은 밭을 펼

기다림으로 남은 경기만 염전

염전의 생산방식은 기다림이다.
경기만의 염전들은 방조제와 방조제 사이에서 겨우 남아 있지만
젊은 후계자를 구하기 힘들어 위태로운 마지막 날들을 맞이하고 있다.

쳐놓지만 심거나 가꾸지 않는다. 염부는 생명을 기르지 않지만, 시간이 염전의 생산을 길러준다. 바다와 육지 사이에서 염전은 수산업도 아니고 농업도 아니다. 염전은 산업자원부 산하에 등록되는 광업이다. 소금은 식량이 아니라 광물질인데, 기다림의 결정체인 이 광물질이 모든 식량을 인간이 넘길 수 있고 인간이 친화할 수 있는 먹이로 바꾸어준다.

염부들은 기다림의 구조 안으로 물을 끌어와서 펼쳐놓고, 그 기다림을 바닥을 훑어서 시간의 앙금을 거둔다. 폭양 아래서 염전 바닥을 훑는 염부들의 노동은 모든 일차 산업의 생산노동들 중에서 가장 단순한 원초성의 풍경을 이룬다. 안강망 어선을 몰고 연안어장으로 나아가는 어부들이나 농기계로 모를 심고 벼를 거두는 농부들과는 달리 염부들은 매우 단순한 생산도구만을 지닌다. 염부는 다만 고무래로 밀고 곰배로 긁고 삽으로 퍼담는다. 염전노동의 이 단순성은 소금이 인간의 노동이 아니라 시간의 흐름 속에서 저절로 빚어지는 결정체이기 때문일 터인데, 이 노동의 단순성은 소금의 원초성과 닮아 있다. 염부의 노동은 시간을 받아들이는 과정으로 전개되고, 소금은 먹이의 재료를 시간의 안쪽으로 끌고 들어가서 거기에 시간의 맛과 무늬를 새겨넣는다. 젓갈과 김치의 맛은 소금이 매개하는 시간의 맛이다. 염전은 생산의 가장 순결한 밑바닥이고 소금은 모든 맛의 발생과 작동의 기초이다.

바다 쪽으로 긴 둑방이 뻗어나가고, 억새풀 우거진 둑방길 위로 듬성듬성 들어선 소금창고들은 시야 속에서 멀어진다. 염전은 서해의 특징적 풍광이다. 서해안 여러 염전의 소금창고들이 어째서 똑같은 모양으로 지어지는 것인지를 나는 알 수 없지만 서해안의 소금창고들은 하나의 완성된 양식을 이루고 있다. 이처럼 완연한 질감을 갖는 건축물이란 흔치 않다.

소금창고는 지상의 모든 건축물 중에서 가장 헐겁고 남루해 보인다. 소금창고들은 서로 멀리 떨어져서 군집을 이루지 않는다. 소금창고들은 시선의 방향으로 소멸하는 개별성이다. 소금창고는 공간 속에서 자신의 존재를 증명하려는 의도를 드러내지 않는다. 오직 실용적일 뿐인 이 건축물은 어떠한 장식적 구조도 없이 필요한 선과 면 몇 개만으로 이 세상의 시공과 경계하고 있는데, 이 경계는 느슨하다. 소금창고는 이 위태로운 사실성의 경계 위에서 햇볕과 바람에 풍화되는데, 검은 콜타르를 칠한 목재들은 색이 바래어지고 목질이 뒤틀리면서 풍화되는 것들의 속 살결을 드러낸다.

소금창고는 역학구조를 이루는 선과 면을 공간 속에 녹여서 사실성을 증발시키는 방식으로 풍화된다. 바닷물은 풍화되어 새롭게 태어나는 소금의 사실성을 이루고 소금창고는 위태롭게 풍화되면서 사실성의 멍에를 벗는다. 염전은 시간이 기르는 밭인데, 그 풍화의 끝은 신생이거나 소멸이다.

이제 경기만, 남양만의 염전은 거의 대부분 사라졌다. 소래 염전, 오이도 염전, 군자 염전, 시흥 염전, 마도 염전은 모두 대규모 공단이

공생 염전 창고에 쌓인 소금

소금의 맛은 그날그날의 바람과 햇볕에 따라 달라진다.
염부들은 햇볕이 뜨겁게 내리꽂히는 날
남서풍에 실려오는 앙금을 소금의 으뜸으로 꼽는다.

나 간척지로 바뀌었고 중국산 소금과 화학 소금을 당해낼 수 없는 작은 염전들은 왕새우양식장으로 바뀌었다. 남양만의 염전은 경기도 서신면 매화리, 백미리의 바닷가에 겨우 남아 있다. 시화방조제와 화옹방조제 구간을 운 좋게 벗어난 오목한 해안선에 바래어져가는 서해의 풍경은 살아 있다.

이 염전들은 밭을 12단계로 펼쳐놓고 물을 이동시킨다. 둑방 너머에서 퍼올린 바닷물을 저수지에 가두어놓고 한 단계씩 낮은 밭으로 물을 옮겨간다. 한 단계의 밭을 '배미'라고 부른다. 12단계의 배미들은 3센티미터씩의 차이로 층이 진다. 염부는 한 배미마다 4~5일씩을 기다려야 한다. 기다림의 들판은 가장자리가 보이지 않는데, 이 광활한 평면구도 전체는 36센티미터의 경사를 이룬다. 더디고 흔적 없는 기다림이다.

햇볕이 증발시킨 물기를 바람이 걷어가면서 소금은 엉긴다. 소금은 시간을 건너오는 바다의 배후처럼 염전 바닥으로 온다. 바람은 습기를 걷어가되 물을 흔들지는 말아야 한다. 북서풍을 따라서 오는 소금은 굵은 입자가 단단하고 동풍을 따라서 오는 소금은 밀가루처럼 곱다. 남동풍을 따라서 오는 소금은 습해서 무겁고 남서풍을 따라서 오는 소금은 거칠고 건조하고 푸석거린다. 늙은 염부들은 바람을 저 자신의 숨결처럼 세밀히 이해하고 있다. 잔잔한 남서풍을 따라서 오는 소금이 무릇 짠맛의 으뜸이다. 남서풍은 흔한 바람이 아니다. 남서풍에 실려오는 소금은 말라서 바스락거린다. 이 소금은 바다 전체를 한

톨의 결정체 안에 응축하는 향기에 도달하고, 모든 맛에 스미고, 모든 맛을 다스리는 삼투력과 통솔력을 갖는다. 염전은 인공구조물이지만 이제 천연기념물의 표정으로 서신면 바닷가에서 말라가고 졸여진다.

바다를 밀어낸 사람들

공생 염전경기도 화성시 서신면 매화리은 1951년 강원도 철원·김화 지역철의 삼각지 피란민 55세대가 이 갯가로 들어와서 간척한 염전이다.

피란민들은 미군이 주는 구호물자를 받아먹으며 등짐으로 돌과 흙을 날라서 남양만 바다에 880미터의 둑방을 쌓았다. 미군들은 이 피란민들의 필사적인 개미노동에 경악했다. 미국에서 영상제작사를 불러들여 피란민들의 노동을 다큐멘터리로 찍었다. 이 필름의 제목은 '바다를 밀어낸 사람들'이었다. 둑방이 완성되던 날 이 필름은 면사무소 앞마당에서 상영되었고 미 본토에도 건너갔다.

염전이 완성되자 피란민들은 자치조합을 결성했다. 이 조합의 이름은 '철의 삼각지 자치난민공생조합'이었다. 공생조합은 공생共生의 원칙으로 염전을 나누었다. 소금창고 1동이 12,000평의 염전을 관할하고 창고 한 동을 6명이 공동 소유하고 공동 작업하는 방식이었다. 1세대 피란민들은 염전의 소출에 기대서 마을을 이루었고 자식을 낳았다. 이 둑방이 지금도 염전 130,000평을 지켜준다.

1세대들은 대부분 세상을 떠나서, 철의 삼각지 고향으로 돌아가 묻혔거나 이 마을 뒷산에 묻혔다. 지금은 2세대들이 염전을 경영하는데, 선대가 정한 소유와 관리의 원칙을 승계하고 있다. 6명이 소금창고 한 동을 공유하는데, 외지로 나간 사람들은 현지에서 일하는 사람에게 자신의 몫을 임대하고 1년에 소금 1,000가마를 받는 방식이다. 공생 염전의 소금창고는 모두 13동이다. 한 동마다 1년에 7,000~8,000가마30킬로그램짜리를 거둔다. 요즘 천일염 시세는 한 가마에 만이천원이다.

이 마을 염부 권호원씨(67)는 14살 때 아버지를 따라 피란왔다. 아버지와 함께 등짐으로 돌을 날라 둑방을 쌓았다. 그 염전에서 권씨는 지금도 소금을 거둔다. "이제는 염전일을 할 젊은이가 없다. 염전은 결국 저절로 없어질 것"이라고 권씨는 말했다. 1세대의 둑방은 아직도 튼튼히 바다를 막고 있다. 고무래를 미는 권씨의 굽은 등 위로 서해의 폭양이 내리쬐고 있었다.

벗들아, 나는 마침내 나 자신의 생명만으로 자족할 수 없고, 생명과 더불어 아늑하지 못하다. 그리고 이 부자유만이 나의 과학이고 현실이다. 나는 나의 부자유로써 나의 생명을 증거할 것이다.

살아서 아름다운 것들은 나의 기갈에 물 한 모금 주지 않았다. 그것들은 세계의 불가해한 운명처럼 나를 배반했다. 그러므로 나는 가장 빈곤한 한줌의 언어로 그 운명에 맞선다. 나는 백전백패할 것이다.

만경강 저녁 갯벌과 거기에 내려앉는 도요새들의 이야기를 쓰던 새벽 여관방에서 나는 한 자루의 연필과 더불어, 말하여질 수 없는 것들의 절벽 앞에서 몸을 떨었다. 어두워지는 갯벌 너머에서 생명은 풍문이거나 환영이었고 나는 그 어두운 갯벌에 교두보를 박을 수 없었다. 나는 아무것도 만질 수 없었다. 아무 곳에도 닿을 수 없는 내 몸이 갯벌의 이쪽에 주저앉아 있었다.

1999년 가을부터 2000년 여름까지 전국의 산천으로 끌고 다닌 내 자전거의 이름은 풍륜風輪이다. 가을의 마지막 빛 속에서 풍륜은 태백 산맥을 넘었다. 눈 덮인 소백 노령 차령 산맥들과 수많은 고개를 넘어서 풍륜은 봄의 남쪽 해안선에 당도하였다. 거기에 원색의 꽃들이 피어 있었다. 이제 풍륜은 늙고 병든 말처럼 다 망가졌다. 2000년 7월에 풍륜을 퇴역시키고 새 자전거를 장만했다. 이 책을 팔아서 자전거 값 월부를 갚으려 한다. 사람들아 책 좀 사가라.

갈 수 없는 모든 길 앞에서 새 바퀴는 얼마나 아름다운가. 아, 아무것도 만질 수 없다 하더라도 목숨은 기어코 감미로운 것이다, 라고 나는 써야 하는가. 사랑이여, 이 문장은 그대가 써다오.

52살의 여름에
김훈은 겨우 쓴다.

| 다시 펴내며 |

『자전거여행1』은 2000년 8월에, 『자전거여행2』는 2004년 9월에 도서출판 생각의나무에서 발행되었다.

2004년 판『자전거여행2』는 경기도 편이었다. 기획과 취재의 과정에서 경기관광공사의 지원이 있었다.

이제 두 권의『자전거여행』을 문학동네로 옮겨서 새로 펴내면서 두 권의 목차를 섞어서 주제별로 재편성했다.

그 결과, 경기도에 관한 글과 사진은 책 두 권에 고루 배치되었다. 이 재편성에 동의해주신 경기관광공사에 감사한다. 나는 수년째 경기도가 운영하는 경기창작센터에 머물고 있다.

세월의 풍화작용을 견디어낼 수 있는 것은 없다. 10여 년 전에 기록하고 촬영한 현장과 사람 들의 표정은 이제 그 모습대로 남아 있지 않다. 거기에는 세월의 힘과 인간의 파괴작용이 겹쳐 있다.

그 현장을 다시 찾아가서 바뀜의 의미를 살피는 글을 쓰려 했지만, 엄두가 나지 않았다.

이제, 책과 현장은 엄청난 거리로 멀어졌다. 내 게으름에 대한 변명으로 들릴 수도 있겠지만, 지나가서 없어진 것들을 그대로 살려서 보이려는 뜻을 이해받고 싶다.

나는 사진가 이강빈에게 자전거를 배웠다. 이강빈은 내 삶과 직업의 후배지만 지금은 비슷하게 늙어간다.

나는 이강빈과 함께 자전거를 타고 돌아다니면서 글 쓰고 사진 찍어서 이 책을 만들었다.

나와 이강빈의 마음속에서, 우리나라 산맥과 강물과 마을과 사람들은 늘 살아 있는 필름으로 펼쳐진다. 국토와 함께 살아가는 삶의 질감, 그 희망과 기쁨과 고통과 슬픔의 작은 몫을 독자들과 나누고 싶다. 아, 그런 은총을 바라도 좋을 것인가.

2014년 가을에 김훈은 쓰다.

이해 봄에 내 조국의 남쪽 바다에서 '세월호'는 침몰하다.

문학동네 산문
자전거여행1

1판 1쇄 2014년 10월 22일
1판 30쇄 2024년 8월 2일

지은이 김훈
사진 이강빈
책임편집 조연주 | 편집 김내리 유성원
디자인 엄혜리 윤종윤 유현아 | 저작권 박지영 형소진 최은진 오서영
마케팅 정민호 서지화 한민아 이민경 안남영 왕지경 정경주 김수인 김혜원 김하연 김예진
브랜딩 함유지 함근아 박민재 김희숙 이송이 박다솔 조다현 정승민 배진성
제작 강신은 김동욱 이순호 | 제작처 영신사

펴낸곳 (주)문학동네 | 펴낸이 김소영
출판등록 1993년 10월 22일 제2003-000045호
주소 10881 경기도 파주시 회동길 210
전자우편 editor@munhak.com | 대표전화 031) 955-8888 | 팩스 031) 955-8855
문의전화 031) 955-2696(마케팅) 031) 955-2653(편집)
문학동네카페 http://cafe.naver.com/mhdn
인스타그램 @munhakdongne | 트위터 @munhakdongne
북클럽문학동네 http://bookclubmunhak.com

ISBN 978-89-546-2620-0 04810
978-89-546-2617-0(세트)